Jules Verne

Les Forceurs de blocus

© 2023 Culturea Editions

Texte et illustration de couverture : © domaine public
Edition : Culturea (Hérault, 34)
Contact : infos@culturea.fr
Retrouvez notre catalogue sur http://culturea.fr
Imprimé en Allemagne par Books on Demand
Design typographique : Derek Murphy
Layout : Reedsy (https://reedsy.com/)

Dépôt légal : janvier 2023
Tous droits réservés pour tous pays

ISBN : 9791041915682

Table des matières

Le Delphin

Le premier fleuve dont les eaux écumèrent sous les roues d'un bateau à vapeur fut la Clyde. C'était en 1812. Ce bateau se nommait la Comète et il faisait un service régulier entre Glasgow et Greenock, avec une vitesse de six milles à l'heure. Depuis cette époque, plus d'un million de steamers ou de pocket-boats ont remonté ou descendu le courant de la rivière écossaise, et les habitants de la grande cité commerçante doivent être singulièrement familiarisés avec les prodiges de la navigation à vapeur.

Cependant, le 3 décembre 1862, une foule énorme, composée d'armateurs, de négociants, de manufacturiers, d'ouvriers, de marins, de femmes, d'enfants, encombrait les rues boueuses de Glasgow et se dirigeait vers Kelvin-Dock, vaste établissement de constructions navales, appartenant à MM. Tod et Mac Grégor. Ce dernier nom prouve surabondamment que les fameux descendants des Highlanders sont devenus industriels, et que de tous ces vassaux des vieux clans ils ont fait des ouvriers d'usine.

Kelvin-Dock est situé à quelques minutes de la ville, sur la rive droite de la Clyde ; bientôt ses immenses chantiers furent envahis par les curieux ; pas un bout de quai, pas un mur de wharf, pas un toit de magasin qui offrît une place inoccupée ; la rivière elle-même était sillonnée d'embarcations, et, sur la rive gauche, les hauteurs de Govan fourmillaient de spectateurs.

Il ne s'agissait pas, cependant, d'une cérémonie extraordinaire, mais tout simplement de la mise à flot d'un navire. Le public de Glasgow ne pouvait manquer d'être fort

blasé sur les incidents d'une pareille opération. Le Delphin –
c'était le nom du bâtiment construit par MM. Tod et Mac Grégor
– offrait-il donc quelque particularité ? Non, à vrai dire. C'était
un grand navire de quinze cents tonneaux, en tôle d'acier, et
dans lequel tout avait été combiné pour obtenir une marche
supérieure. Sa machine, sortie des ateliers de Lancefield-Forge,
était à haute pression, et possédait une force effective de cinq
cents chevaux. Elle mettait en mouvement deux hélices
jumelles, situées de chaque côté de l'étambot, dans les parties
fines de l'arrière, et complètement indépendantes l'une de
l'autre – application toute nouvelle du système de
MM. Dudgeon de Millwal, qui donne une grande vitesse aux
navires et leur permet d'évoluer dans un cercle excessivement
restreint. Quant au tirant d'eau du Delphin, il devait être peu
considérable. Les connaisseurs ne s'y trompaient pas, et ils en
concluaient avec raison que ce navire était destiné à fréquenter
les passes d'une moyenne profondeur. Mais enfin toutes ces
particularités ne pouvaient justifier en aucune façon
l'empressement public. En somme, le Delphin n'avait rien de
plus, rien de moins qu'un autre navire. Son lancement
présentait-il donc quelque difficulté mécanique à surmonter ?
Pas davantage. La Clyde avait déjà reçu dans ses eaux maint
bâtiment d'un tonnage plus considérable, et la mise à flot du
Delphin devait s'opérer de la façon la plus ordinaire.

En effet, quand la mer fut étale, au moment où le jusant se
faisait sentir, les manœuvres commencèrent ; les coups de
maillet retentirent avec un ensemble parfait sur les coins
destinés à soulever la quille du navire. Bientôt un tressaillement
courut dans toute la massive construction ; si peu qu'elle eût été
soulevée, on sentit qu'elle s'ébranlait ; le glissement se
détermina, s'accéléra, et, en quelques instants, le Delphin,
abandonnant la cale soigneusement suiffée, se plongea dans la
Clyde au milieu d'épaisses volutes de vapeurs blanches. Son
arrière buta contre le fond de vase de la rivière, puis il se releva
sur le dos d'une vague géante, et le magnifique steamer,

emporté par son élan, aurait été se briser sur les quais des chantiers de Govan, si toutes ses ancres, mouillant à la fois avec un bruit formidable, n'eussent enrayé sa course.

Le lancement avait parfaitement réussi. Le Delphin se balançait tranquillement sur les eaux de la Clyde. Tous les spectateurs battirent des mains, quand il prit possession de son élément naturel, et des hurrahs immenses s'élevèrent sur les deux rives.

Mais pourquoi ces cris et ces applaudissements ? Sans doute les plus passionnés des spectateurs auraient été fort empêchés d'expliquer leur enthousiasme. D'où venait donc l'intérêt tout particulier excité par ce navire ? Du mystère qui couvrait sa destination, tout simplement. On ne savait à quel genre de commerce il allait se livrer, et, en interrogeant les divers groupes de curieux, on se fût étonné à bon droit de la diversité des opinions émises sur ce grave sujet.

Cependant les mieux informés, ou ceux qui se prétendaient tels, s'accordaient à reconnaître que ce steamer allait jouer un rôle dans cette guerre terrible qui décimait alors les Etats-Unis d'Amérique. Mais ils n'en savaient pas davantage, et si le Delphin était un corsaire, un transport, un navire confédéré ou un bâtiment de la marine fédérale, c'est ce que personne n'aurait pu dire.

« Hurrah ! s'écriait l'un, affirmant que le Delphin était construit pour le compte des Etats du Sud.

– Hip ! hip ! hip ! » criait l'autre, jurant que jamais plus rapide bâtiment n'aurait croisé sur les côtes américaines.

Donc, c'était l'inconnu, et pour savoir exactement à quoi s'en tenir, il aurait fallu être l'associé ou tout au moins l'intime ami de Vincent Playfair et Co, de Glasgow.

Riche, puissante et intelligente maison de commerce que celle dont la raison sociale était Vincent Playfair et Co. Vieille et honorée famille descendant de ces lords Tobacco qui bâtirent les plus beaux quartiers de la ville. Ces habiles négociants, à la suite de l'acte de l'Union, avaient fondé les premiers comptoirs de Glasgow en trafiquant des tabacs de la Virginie et du Maryland. D'immenses fortunes se firent ; un nouveau centre de commerce était créé. Bientôt Glasgow se fit industrielle et manufacturière ; les filatures et les fonderies s'élevèrent de toutes parts, et, en quelques années, la prospérité de la ville fut portée au plus haut point.

La maison Playfair demeura fidèle à l'esprit entreprenant de ses ancêtres. Elle se lança dans les opérations les plus hardies et soutint l'honneur du commerce anglais. Son chef actuel, Vincent Playfair, homme de cinquante ans, d'un tempérament essentiellement pratique et positif, bien qu'audacieux, était un armateur pur sang. Rien ne le touchait en dehors des questions commerciales, pas même le côté politique des transactions. D'ailleurs parfaitement honnête et loyal.

Cependant, cette idée d'avoir construit et armé le Delphin, il ne pouvait la revendiquer. Elle appartenait en propre à James Playfair, son neveu, un beau garçon de trente ans, et le plus hardi skipper de la marine marchande du Royaume-Uni.

C'était un jour à Tontine-coffee-room, sous les arcades de la salle de ville, que James Playfair, après avoir lu avec rage les journaux américains, fit part à son oncle d'un projet très aventureux.

« Oncle Vincent, lui dit-il à brûle-pourpoint, il y a deux millions à gagner en moins d'un mois !

— Et que risque-t-on ? demanda l'oncle Vincent.

– Un navire et une cargaison.

– Pas autre chose ?

– Si, la peau de l'équipage et du capitaine ; mais cela ne compte pas.

– Voyons voir, dit l'oncle Vincent, qui affectionnait ce pléonasme.

– C'est tout vu, reprit James Playfair. Vous avez lu la *Tribune*, le *New York Herald*, le *Times*, l'*Enquirer De Richmond*, l'*American-Review* ?

– Vingt fois, neveu James.

– Vous croyez, comme moi, que la guerre des Etats-Unis durera longtemps encore ?

– Très longtemps.

– Vous savez combien cette lutte met en souffrance les intérêts de l'Angleterre et particulièrement ceux de Glasgow ?

– Et plus spécialement encore ceux de la maison Playfair et C°, répondit l'oncle Vincent.

– Surtout ceux-là, répliqua le jeune capitaine.

– Je m'en afflige tous les jours, James, et je n'envisage pas sans terreur les désastres commerciaux que cette guerre peut entraîner. Non que la maison Playfair ne soit solide, neveu, mais elle a des correspondants qui peuvent manquer. Ah ! ces Américains, qu'ils soient esclavagistes ou abolitionnistes, je les donne tous au diable ! »

Si au point de vue des grands principes d'humanité, toujours et partout supérieurs aux intérêts personnels, Vincent Playfair avait tort de parler ainsi, il avait raison à ne considérer que le point de vue purement commercial. La plus importante matière de l'exportation américaine manquait sur la place de Glasgow. *La Famine Du Coton*, pour employer l'énergique expression anglaise, devenait de jour en jour plus menaçante. Des milliers d'ouvriers se voyaient réduits à vivre de la charité publique. Glasgow possédait vingt-cinq mille métiers mécaniques qui, avant la guerre des Etats-Unis, produisaient six cent vingt-cinq mille mètres de coton filé par jour, c'est-à-dire cinquante millions de livres par an. Par ce chiffre, que l'on juge des perturbations apportées dans le mouvement industriel de la ville, quand la matière textile vint à manquer presque absolument. Les faillites éclataient à chaque heure. Les suspensions de travaux se produisaient dans toutes les usines. Les ouvriers mouraient de faim.

C'était le spectacle de cette immense misère qui avait donné à James Playfair l'idée de son hardi projet.

« J'irai chercher du coton, dit-il, et j'en rapporterai coûte que coûte. »

Mais comme il était aussi « négociant » que l'oncle Vincent, il résolut de procéder par voie d'échange, et de proposer l'opération sous la forme d'une affaire commerciale.

« Oncle Vincent, dit-il, voilà mon idée.

– Voyons voir, James.

– C'est bien simple. Nous allons faire construire un navire d'une marche supérieure et d'une grande capacité.

– C'est possible, cela.

– Nous le chargerons de munitions de guerre, de vivres et d'habillements.

– Cela se trouve.

– Je prendrai le commandement de ce steamer. Je défierai à la course tous les navires de la marine fédérale. Je forcerai le blocus de l'un des ports du Sud.

– Tu vendras cher la cargaison aux confédérés, qui en ont besoin, dit l'oncle.

– Et je reviendrai chargé de coton...

– Qu'ils te donneront pour rien.

– Comme vous dites, oncle Vincent. Cela va-t-il ?

– Cela va. Mais passeras-tu ?

– Je passerai, si j'ai un bon navire.

– On t'en fera un tout exprès. Mais l'équipage ?

– Oh ! je le trouverai. Je n'ai pas besoin de beaucoup d'hommes. De quoi manœuvrer, et voilà tout. Il ne s'agit pas de se battre avec les fédéraux, mais de les distancer.

– On les distancera, répondit l'oncle Vincent d'une façon péremptoire. Maintenant, dis-moi, James, sur quel point de la côte américaine comptes-tu te diriger ?

– Jusqu'ici, l'oncle, quelques navires ont déjà forcé les blocus de La Nouvelle-Orléans, de Willmington et de Savannah.

Moi, je songe à entrer tout droit à Charleston. Aucun bâtiment anglais n'a encore pu pénétrer dans ses passes, si ce n'est la Bermuda. Je ferai comme elle, et si mon navire tire peu d'eau, j'irai là où les bâtiments fédéraux ne pourront pas me suivre.

— Le fait est, dit l'oncle Vincent, que Charleston regorge de coton. On le brûle pour s'en débarrasser.

— Oui, répondit James. De plus, la ville est presque investie. Beauregard est à court de munitions ; il me payera ma cargaison à prix d'or.

— Bien, neveu ! Et quand veux-tu partir ?

— Dans six mois. Il me faut des nuits longues, des nuits d'hiver, pour passer plus facilement.

— On t'en fera, neveu.

— C'est dit, l'oncle.

— C'est dit.

— Motus ?

— Motus ! »

Et voilà comment, cinq mois plus tard, le steamer le Delphin était lancé des chantiers de Kelvin-Dock, et pourquoi personne ne connaissait sa véritable destination.

L'appareillage

L'armement du Delphin marcha rapidement. Son gréement était prêt, il n'y eut plus qu'à l'ajuster ; le Delphin portait trois mâts de goélette, luxe à peu près inutile. En effet, il ne comptait pas sur le vent pour échapper aux croiseurs fédéraux, mais bien sur la puissante machine renfermée dans ses flancs. Et il avait raison.

Vers la fin de décembre, le Delphin alla faire ses essais dans le golfe de la Clyde. Qui fut le plus satisfait du constructeur ou du capitaine, il est impossible de le dire. Le nouveau steamer filait merveilleusement, et le *patent log* accusa une vitesse de dix-sept milles à l'heure, vitesse que n'avait jamais obtenu navire anglais, français ou américain. Certes, le Delphin, dans une lutte avec les bâtiments les plus rapides, aurait gagné de plusieurs longueurs dans un match maritime.

Le 25 décembre, le chargement fut commencé. Le steamer vint se ranger au *steam-boat quay*, un peu au-dessous de Glasgow-Bridge, le dernier pont qui enjambe la Clyde avant son embouchure. Là, de vastes wharfs contenaient un immense approvisionnement d'habillements, d'armes et de munitions, qui passa rapidement dans la cale du Delphin. La nature de cette cargaison trahissait la mystérieuse destination du navire, et la maison Playfair ne put garder plus longtemps son secret. D'ailleurs, le Delphin ne devait pas tarder à prendre la mer. Aucun croiseur américain n'avait été signalé dans les eaux anglaises. Et puis, quand il s'était agi de former l'équipage, comment garder un long silence ? On ne pouvait embarquer des hommes sans leur apprendre leur destination. Après tout, on allait risquer sa peau, et quand on va risquer sa peau, on aime assez à savoir comment et pourquoi.

Cependant, cette perspective n'arrêta personne. La paye était belle, et chacun avait une part dans l'opération. Aussi les marins se présentèrent-ils en grand nombre, et des meilleurs. James Playfair n'eut que l'embarras du choix. Mais il choisit bien, et au bout de vingt-quatre heures, ses rôles d'équipage portaient trente noms de matelots qui eussent fait honneur au yacht de Sa Très Gracieuse Majesté.

Le départ fut fixé au 3 janvier. Le 31 décembre, le Delphin était prêt. Sa cale regorgeait de munitions et de vivres, ses soutes de charbon. Rien ne le retenait plus.

Le 2 janvier, le skipper se trouvait à bord, promenant sur son navire le dernier coup d'œil du capitaine, quand un homme se présenta à la coupée du Delphin et demanda à parler à James Playfair. Un des matelots le conduisit sur la dunette.

C'était un solide gaillard à larges épaules, à figure rougeaude, et dont l'air niais cachait mal un certain fonds de finesse et de gaieté. Il ne semblait pas être au courant des usages mari*Times*, et regardait autour de lui, comme un homme peu habitué à fréquenter le pont d'un navire. Cependant, il se donnait des façons de loup de mer, regardant le gréement du Delphin, et se dandinant à la manière des matelots.

Lorsqu'il fut arrivé en présence du capitaine, il le regarda fixement et lui dit :

« Le capitaine James Playfair ?

– C'est moi, répondit le skipper. Qu'est-ce que tu me veux ?

– M'embarquer à votre bord.

— Il n'y a plus de place. L'équipage est au complet.

— Oh ! un homme de plus ne vous embarrassera pas. Au contraire.

— Tu crois ? dit James Playfair, en regardant son interlocuteur dans le blanc des yeux.

— J'en suis sûr, répondit le matelot.

— Mais qui es-tu ? demanda le capitaine.

— Un rude marin, j'en réponds, un gaillard solide et un luron déterminé. Deux bras vigoureux comme ceux que j'ai l'honneur de vous proposer ne sont point à dédaigner à bord d'un navire.

— Mais il y a d'autres bâtiments que le Delphin et d'autres capitaines que James Playfair. Pourquoi viens-tu ici ?

— Parce que c'est à bord du Delphin que je veux servir, et sous les ordres du capitaine James Playfair.

— Je n'ai pas besoin de toi.

— On a toujours besoin d'un homme vigoureux, et si, pour vous prouver ma force, vous voulez m'essayer avec trois ou quatre des plus solides gaillards de votre équipage, je suis prêt !

— Comme tu y vas ! répondit James Playfair. Et comment te nommes-tu ?

— Crockston, pour vous servir. »

Le capitaine fit quelques pas en arrière, afin de mieux examiner cet hercule qui se présentait à lui d'une façon aussi « carrée ». La tournure, la taille, l'aspect du matelot ne démentaient point ses prétentions à la vigueur. On sentait qu'il devait être d'une force peu commune, et qu'il n'avait pas froid aux yeux.

« Où as-tu navigué ? lui demanda Playfair.

— Un peu partout.

— Et tu sais ce que le Delphin va faire là-bas ?

— Oui, et c'est ce qui me tente.

— Eh bien, Dieu me damne, si je laisse échapper un gaillard de ta trempe ! Va trouver le second, Mr. Mathew, et fais-toi inscrire. »

Après avoir prononcé ces paroles, James Playfair s'attendait à voir son homme tourner les talons et courir à l'avant du navire ; mais il se trompait. Crockston ne bougea pas.

« Eh bien, m'as-tu entendu ? demanda le capitaine.

— Oui, répondit le matelot. Mais cc n'est pas tout, j'ai encore quelque chose à vous proposer.

— Ah ! tu m'ennuies, répondit brusquement James, je n'ai pas de temps à perdre en conversations.

— Je ne vous ennuierai pas longtemps, reprit Crockston. Deux mots encore, et c'est tout. Je vais vous dire. J'ai un neveu.

— Il a un joli oncle, ce neveu-là, répondit James Playfair.

– Eh ! eh ! fit Crockston.

– En finiras-tu ? demanda le capitaine avec une forte impatience.

– Eh bien, voilà la chose. Quand on prend l'oncle, on s'arrange du neveu par-dessus le marché.

– Ah ! vraiment !

– Oui ! c'est l'habitude. L'un ne va pas sans l'autre.

– Et qu'est-ce que c'est que ton neveu ?

– Un garçon de quinze ans, un novice auquel j'apprends le métier. C'est plein de bonne volonté, et ça fera un solide marin un jour.

– Ah çà, maître Crockston, s'écria James Playfair, est-ce que tu prends le Delphin pour une école de mousses ?

– Ne disons pas de mal des mousses, repartit le marin. Il y en a un qui est devenu l'amiral Nelson, et un autre l'amiral Franklin.

– Eh parbleu ! l'ami, répondit James Playfair, tu as une manière de parler qui me va. Amène ton neveu ; mais si je ne trouve pas dans son oncle le gaillard solide que tu prétends être, l'oncle aura affaire à moi. Va, et sois revenu dans une heure. »

Crockston ne se le fit pas dire deux fois. Il salua assez gauchement le capitaine du Delphin, et regagna le quai. Une heure après, il était de retour à bord avec son neveu, un garçon de quatorze à quinze ans, un peu frêle, un peu malingre, avec un air timide et étonné, et qui n'annonçait pas devoir tenir de son oncle pour l'aplomb moral et les qualités vigoureuses du corps.

Crockston même était obligé de l'exciter par quelques bonnes paroles d'encouragement.

« Allons, disait-il, hardi là ! On ne nous mangera pas, que diable ! D'ailleurs, il est encore temps de s'en aller.

— Non, non ! répondit le jeune homme, et que Dieu nous protège. »

Le jour même, le matelot Crockston et le novice John Stiggs étaient inscrits sur le rôle d'équipage du Delphin.

Le lendemain matin, à cinq heures, les feux du steamer furent activement poussés ; le pont tremblotait sous les vibrations de la chaudière, et la vapeur s'échappait en sifflant par les soupapes. L'heure du départ était arrivée.

Une foule assez considérable se pressait, malgré l'heure matinale, sur les quais et sur Glasgow-Bridge. On venait saluer une dernière fois le hardi steamer. Vincent Playfair était là pour embrasser le capitaine James, mais il se conduisit en cette circonstance comme un vieux Romain du bon temps. Il eut une contenance héroïque, et les deux gros baisers dont il gratifia son neveu étaient l'indice d'une âme vigoureuse.

« Va, James, dit-il au jeune capitaine, va vite, et reviens plus vite encore. Surtout n'oublie pas d'abuser de la position. Vends cher, achète bon marché, et tu auras l'estime de ton oncle. »

Sur cette recommandation, empruntée au « Manuel du parfait négociant », l'oncle et le neveu se séparèrent, et tous les visiteurs quittèrent le bord.

En ce moment, Crockston et John Stiggs se tenaient l'un près de l'autre sur le gaillard d'avant, et le premier disait au second :

« Ca va bien, ça va bien ! Avant deux heures nous serons en mer, et j'ai bonne idée d'un voyage qui commence de cette façon-là ! »

Pour toute réponse, le novice serra la main de Crockston.

James Playfair donnait alors ses derniers ordres pour le départ.

« Nous avons de la pression ? demanda-t-il à son second.

— Oui, capitaine, répondit Mr. Mathew.

— Eh bien, larguez les amarres. »

La manœuvre fut immédiatement exécutée. Les hélices se mirent en mouvement. Le Delphin s'ébranla, passa entre les navires du port, et disparut bientôt aux yeux de la foule qui le saluait de ses derniers hurrahs.

La descente de la Clyde s'opéra facilement. On peut dire que cette rivière a été faite de main d'homme, et même de main de maître. Depuis soixante ans, grâce aux dragues et à un curage incessant, elle a gagné quinze pieds en profondeur, et sa largeur a été triplée entre les quais de la ville. Bientôt la forêt des mâts et des cheminées se perdit dans la fumée et le brouillard. Le bruit des marteaux des fonderies et de la hache des chantiers de construction s'éteignit dans l'éloignement. A la hauteur du village de Partick, les maisons de campagne, les villas, les habitations de plaisance succédèrent aux usines. Le Delphin, modérant l'énergie de sa vapeur, évoluait entre les digues qui contiennent la rivière en contre-haut des rives et

« LE DELPHIN » S'ÉBRANLA, PASSA ENTRE LES NAVIRES DU PORT. (Page 126.)

souvent au milieu de passes fort étroites. Inconvénient de peu d'importance ; pour une rivière navigable, en effet, mieux vaut la profondeur que la largeur. Le steamer, guidé par un de ces excellents pilotes de la mer d'Irlande, filait sans hésitation entre les bouées flottantes, les colonnes de pierre et de biggins surmontés de fanaux qui marquent le chenal. Il dépassa bientôt le bourg de Renfrew. La Clyde s'élargit alors au pied des collines de Kilpatrick, et devant la baie de Bowling, au fond de laquelle s'ouvre l'embouchure du canal qui réunit Édimbourg à Glasgow.

Enfin, à quatre cents pieds dans les airs, le château de Dumbarton dressa sa silhouette à peine estompée dans la brume, et bientôt, sur la rive gauche, les navires du port de Glasgow dansèrent sous l'action des vagues du Delphin. Quelques milles plus loin, Greenock, la patrie de James Watt, fut dépassée. Le Delphin se trouvait alors à l'embouchure de la Clyde et à l'entrée du golfe par lequel elle verse ses eaux dans le canal du Nord. Là, il sentit les premières ondulations de la mer, et il rangea les côtes pittoresques de l'île d'Arran.

Enfin, le promontoire de Kintyre, qui se jette au travers du canal, fut doublé ; on eut connaissance de l'île Rathlin ; le pilote regagna dans sa chaloupe son petit cutter qui croisait au large ; le Delphin, rendu à l'autorité de son capitaine, prit par le nord de l'Irlande une route moins fréquentée des navires, et bientôt, ayant perdu de vue les dernières terres européennes, il se trouva seul en plein Océan.

En mer

Le Delphin avait un bon équipage ; non pas des matelots de combat, des matelots d'abordage, mais des hommes manœuvrant bien. Il ne lui en fallait pas plus. Ces gaillards-là étaient tous des gens déterminés, mais tous plus ou moins négociants. Ils couraient après la fortune, non après la gloire. Ils n'avaient point de pavillon à montrer, point de couleurs à appuyer d'un coup de canon, et d'ailleurs, toute l'artillerie du bord consistait en deux petits pierriers propres seulement à faire des signaux.

Le Delphin filait rapidement ; il répondait aux espérances des constructeurs et du capitaine, et bientôt il eut dépassé la limite des eaux britanniques. Du reste, pas un navire en vue ; la grande route de l'Océan était libre. D'ailleurs, nul bâtiment de la marine fédérale n'avait le droit de l'attaquer sous pavillon anglais. Le suivre, bien ; l'empêcher de forcer la ligne des blocus, rien de mieux. Aussi James Playfair avait-il tout sacrifié à la vitesse de son navire, précisément pour n'être pas suivi.

Quoi qu'il en soit, on faisait bonne garde à bord. Malgré le froid, un homme se tenait toujours dans la mâture, prêt à signaler la moindre voile à l'horizon. Lorsque le soir arriva, le capitaine James fit les recommandations les plus précises à Mr. Mathew.

« Ne laissez pas trop longtemps vos vigies dans les barres, lui dit-il. Le froid peut les saisir, et on ne fait pas bonne garde dans ces conditions. Relevez souvent vos hommes.

– C'est entendu, capitaine, répondit Mr. Mathew.

— Je vous recommande Crockston pour ce service. Le gaillard prétend avoir une vue excellente ; il faut le mettre à l'épreuve. Comprenez-le dans le quart du matin ; il surveillera les brumes matinales. S'il survient quelque chose de nouveau, que l'on me prévienne. »

James Playfair, cela dit, gagna sa cabine. Mr. Mathew fit venir Crockston et lui transmit les ordres du capitaine.

« Demain, à six heures, lui dit-il, tu te rendras à ton poste d'observation dans les barres de misaine. »

Crockston poussa en guise de réponse un grognement des plus affirmatifs. Mais Mr. Mathew n'avait pas le dos tourné, que le marin murmura bon nombre de paroles incompréhensibles, et finit par s'écrier :

« Que diable veut-il dire avec ses barres de misaine ? »

En ce moment, son neveu, John Stiggs, vint le rejoindre sur le gaillard d'avant.

« Eh bien ! mon brave Crockston ? lui dit-il.

— Eh bien ! cela va ! cela va ! répondit le marin avec un sourire forcé. Il n'y a qu'une chose ! Ce diable de bateau secoue ses puces comme un chien qui sort de la rivière, si bien que j'ai le cœur un peu brouillé.

— Pauvre ami ! dit le novice en regardant Crockston avec un vif sentiment de reconnaissance.

— Et quand je pense, reprit le marin, qu'à mon âge je me permets d'avoir le mal de mer ! Quelle femmelette je suis ! Mais ça se fera ! ça se fera ! Il y a bien aussi les barres de misaine qui me tracassent.

— Cher Crockston, et c'est pour moi...

— Pour vous et pour lui, répondit Crockston. Mais pas un mot là-dessus, John. Ayons confiance en Dieu ; il ne vous abandonnera pas. »

Sur ces mots, John Stiggs et Crockston regagnèrent le poste des matelots, et le marin ne s'endormit pas avant d'avoir vu le jeune novice tranquillement couché dans l'étroite cabine qui lui était réservée.

Le lendemain, à six heures, Crockston se leva pour aller prendre son poste ; il monta sur le pont, et le second lui donna l'ordre de monter dans la mâture et d'y faire bonne garde.

Le marin, à ces paroles, parut un peu indécis ; puis, prenant son parti, il se dirigea vers l'arrière du Delphin.

« Eh bien, où vas-tu donc ? cria Mr. Mathew.

— Où vous m'envoyez, répondit Crockston.

— Je te dis d'aller dans les barres de misaine.

— Eh ! j'y vais, répondit le matelot d'un ton imperturbable et en continuant de se diriger vers la dunette.

— Te moques-tu ? reprit Mr. Mathew avec impatience. Tu vas chercher les barres de misaine sur le mât d'artimon. Tu m'as l'air d'un cockney qui s'entend peu à tresser une garcette ou à faire une épissure ! A bord de quelle gabare as-tu donc navigué, l'ami ? Au mât de misaine, imbécile, au mât de misaine ! »

Les matelots de bordée, accourus aux paroles du second, ne purent retenir un immense éclat de rire en voyant l'ai déconcerté de Crockston, qui revenait vers le gaillard d'avant.

« Comme ça, dit-il en considérant le mât, dont l'extrémité absolument invisible se perdait dans les brouillards du matin, comme ça, il faut que je grimpe là-haut ?

– Oui, répondit Mr. Mathew, et dépêche-toi ! Par Saint-Patrick, un navire fédéral aurait le temps d'engager son beaupré dans notre gréement avant que ce fainéant fût arrivé à son poste. Iras-tu, à la fin ? »

Crockston, sans mot dire, se hissa péniblement sur le bastingage ; puis il commença à gravir les enfléchures avec une insigne maladresse, et en homme qui ne savait se servir ni de ses pieds ni de ses mains ; puis, arrivé à la hune de misaine, au lieu de s'y élancer légèrement, il demeura immobile, se cramponnant aux agrès avec l'énergie d'un homme pris de vertige. Mr. Mathew, stupéfait de tant de gaucheries, et se sentant gagné par la colère, lui commanda de descendre à l'instant sur le pont.

« Ce garçon-là, dit-il au maître d'équipage, n'a jamais été matelot de sa vie. Johnston, allez donc voir un peu ce qu'il a dans son sac. »

Le maître d'équipage gagna rapidement le poste des matelots.

Pendant ce temps, Crockston redescendait péniblement ; mais le pied lui ayant manqué, il se raccrocha à une manœuvre courante, qui fila par le bout, et il tomba assez rudement sur le pont.

« Maladroit, double brute, marin d'eau douce ! s'écria Mr. Mathew en guise de consolation. Qu'es-tu venu faire à bord du Delphin ? Ah ! tu t'es donné pour un solide marin, tu ne sais pas seulement distinguer le mât d'artimon du mât de misaine ! Eh bien, nous allons causer un peu. »

Crockston ne répondit pas. Il tendait le dos en homme résigné à tout recevoir. Précisément alors, le maître d'équipage revint de sa visite.

« Voilà, dit-il au second, tout ce que j'ai trouvé dans le sac de ce paysan-là : un portefeuille suspect avec des lettres.

— Donnez, fit Mr. Mathew. Des lettres avec le timbre des Etats-Unis du Nord ! « M. Halliburtt, de Boston ! » Un abolitionniste ! un fédéral !... Misérable ! Tu n'es qu'un traître ! tu t'es fourvoyé à bord pour nous trahir ! Sois tranquille ! ton affaire est réglée, et tu vas tâter des griffes du *chat à neuf queues* ! Maître d'équipage, faites prévenir le capitaine. En attendant, vous autres, veillez sur ce coquin-là. »

Crockston, en recevant ces compliments, faisait une grimace de vieux diable, mais il ne desserrait pas les lèvres. On l'avait attaché au cabestan, et il ne pouvait remuer ni pieds ni mains.

Quelques minutes après, James Playfair sortit de sa cabine et se dirigea vers le gaillard d'avant. Aussitôt, Mr. Mathew mit le capitaine au courant de l'affaire.

« Qu'as-tu à répondre ? demanda James Playfair en contenant à peine son irritation.

— Rien, répondit Crockston.

— Et qu'es-tu venu faire à mon bord ?

– Rien.

– Et qu'attends-tu de moi maintenant ?

– Rien.

– Et qui es-tu ? Un Américain, ainsi que ces lettres semblent le prouver ? »

Crockston ne répondit pas.

« Maître d'équipage, dit James Playfair, cinquante coups de martinet à cet homme pour lui délier la langue. Sera-ce assez, Crockston ?

– On verra, répondit sans sourciller l'oncle du novice John Stiggs.

– Allez, vous autres », fit le maître d'équipage.

A cet ordre, deux vigoureux matelots vinrent dépouiller Crockston de sa vareuse de laine. Ils avaient déjà saisi le redoutable instrument, et le levaient sur les épaules du patient, quand le novice John Stiggs, pâle et défait, se précipita sur le pont.

« Capitaine ! fit-il.

– Ah ! le neveu ! dit James Playfair.

– Capitaine, reprit le novice en faisant un violent effort sur lui-même, ce que Crockston n'a pas voulu dire, je le dirai, moi ! Je ne cacherai pas ce qu'il veut taire encore. Oui, il est Américain, et je le suis aussi ; tous deux nous sommes ennemis des esclavagistes, mais non pas des traîtres venus à bord pour trahir le Delphin et le livrer aux navires fédéraux.

– Qu'êtes-vous venus faire alors ? » demanda le capitaine d'une voix sévère, et en examinant avec attention le jeune novice.

Celui-ci hésita pendant quelques instants avant de répondre, puis d'une voix assez ferme il dit :

« Capitaine, je voudrais vous parler en particulier. »

Tandis que John Stiggs formulait cette demande, James Playfair ne cessait de le considérer avec soin. La figure jeune et douce du novice, sa voix singulièrement sympathique, la finesse et la blancheur de ses mains, à peine dissimulée sous une couche de bistre, ses grands yeux dont l'animation ne pouvait tempérer la douceur, tout cet ensemble fit naître une certaine idée dans l'esprit du capitaine. Quand John Stiggs eut fait sa demande, Playfair regarda fixement Crockston qui haussait les épaules ; puis il fixa sur le novice un regard interrogateur que celui-ci ne put soutenir, et il lui dit ce seul mot :

« Venez. »

John Stiggs suivit le capitaine dans la dunette, et là, James Playfair, ouvrant la porte de sa cabine, dit au novice, dont les joues étaient pâles d'émotion :

« Donnez-vous la peine d'entrer, miss. »

John, ainsi interpellé, se prit à rougir, et deux larmes coulèrent involontairement de ses yeux.

« Rassurez-vous, miss, dit James Playfair, d'une voix plus douce, et veuillez m'apprendre à quelle circonstance je dois l'honneur de vous avoir à mon bord. »

La jeune fille hésita un instant à répondre ; puis, rassurée par le regard du capitaine, elle se décida à parler.

« Monsieur, dit-elle, je vais rejoindre mon père à Charleston. La ville est investie par terre, bloquée par mer. Je ne savais donc comment y pénétrer, lorsque j'appris que le Delphin se proposait d'en forcer le blocus. J'ai donc pris passage à votre bord, monsieur, et je vous prie de m'excuser si j'ai agi sans votre consentement. Vous me l'auriez refusé.

— Certes, dit James Playfair.

— J'ai donc bien fait de ne pas vous le demander », répondit la jeune fille d'une voix plus ferme.

Le capitaine se croisa les bras, fit un tour dans sa cabine, puis il revint.

« Quel est votre nom ? lui demanda-t-il.

— Jenny Halliburtt.

— Votre père, si je m'en rapporte à l'adresse des lettres saisies entre les mains de Crockston, n'est-il pas de Boston ?

— Oui, monsieur.

— Et un homme du Nord se trouve ainsi dans une ville du Sud au plus fort de la guerre des Etats-Unis ?

— Mon père est prisonnier, monsieur. Il se trouvait à Charleston quand furent tirés les premiers coups de fusil de la guerre civile, et lorsque les troupes de l'Union se virent chassées du fort Sumter par les Confédérés. Les opinions de mon père le désignaient à la haine du parti esclavagiste, et, au mépris de tous les droits, il fut emprisonné par les ordres du général Beauregard. J'étais alors en Angleterre auprès d'une parente qui vient de mourir, et seule, sans autre appui que Crockston, le plus fidèle serviteur de ma famille, j'ai voulu rejoindre mon père et partager sa prison.

— Et qu'était donc M. Halliburtt ? demanda James Playfair.

— Un loyal et brave journaliste, répondit Jenny avec fierté, l'un des plus dignes rédacteurs de la *Tribune*, et celui qui a le plus intrépidement défendu la cause des noirs.

— Un abolitionniste ! s'écria violemment le capitaine, un de ces hommes qui, sous le vain prétexte d'abolir l'esclavage, ont couvert leur pays de sang et de ruines !

— Monsieur, répondit Jenny Halliburtt en pâlissant, vous insultez mon père ! Vous ne devez pas oublier que je suis seule ici à le défendre ! »

Une vive rougeur monta au front du jeune capitaine ; une colère mêlée de honte s'empara de lui. Peut-être allait-il répondre sans ménagement à la jeune fille ; mais il parvint à se contenir et ouvrit la porte de sa cabine.

« Maître », cria-t-il.

Le maître d'équipage accourut aussitôt.

« Cette cabine sera désormais celle de miss Jenny Halliburtt, dit-il. Qu'on me prépare un cadre au fond de la dunette. Il ne m'en faut pas davantage. »

Le maître d'équipage regardait d'un œil stupéfait ce jeune novice qualifié d'un nom féminin ; mais, sur un signe de James Playfair, il sortit.

« Et maintenant, miss, vous êtes chez vous », dit le jeune capitaine du Delphin.

Puis il se retira.

Les malices de Crockston

Tout l'équipage connut bientôt l'histoire de miss Halliburtt, Crockston ne se gêna pas pour la raconter. Sur l'ordre du capitaine, il avait été détaché du cabestan, et le chat à neuf queues était rentré dans son gîte.

« Un joli animal, dit Crockston, surtout quand il fait patte de velours. »

Aussitôt libre, il descendit dans le poste des matelots, prit une petite valise et la porta à miss Jenny. La jeune fille put reprendre alors ses habits de femme ; mais elle resta confinée dans sa cabine, et elle ne reparut pas sur le pont.

Quant à Crockston, il fut bien et dûment établi qu'il n'était pas plus marin qu'un horse-guard, et on dut l'exempter de tout service à bord.

Cependant, le Delphin filait rapidement à travers l'Atlantique, dont il tordait les flots sous sa double hélice, et toute la manœuvre consistait à veiller attentivement. Le lendemain de la scène qui trahit l'incognito de miss Jenny, James Playfair se promenait d'un pas rapide sur le pont de la dunette. Il n'avait fait aucune tentative pour revoir la jeune fille et reprendre avec elle la conversation de la veille.

Pendant sa promenade, Crockston se croisait fréquemment avec lui, et l'examinait en dessous avec une bonne grimace de satisfaction. Il était évidemment désireux de causer avec le capitaine, et il mettait à le regarder une insistance qui finit par impatienter celui-ci.

« Ah çà, qu'est-ce que tu me veux encore ? dit James Playfair en interpellant l'Américain. Tu tournes autour de moi comme un nageur autour d'une bouée ! Est-ce que cela ne va pas bientôt finir ?

— Excusez-moi, capitaine, répliqua Crockston en clignant de l'œil, c'est que j'ai quelque chose à vous dire.

— Parleras-tu ?

— Oh ! c'est bien simple. Je veux tout bonnement vous dire que vous êtes un brave homme au fond.

— Pourquoi au fond ?

— Au fond et à la surface aussi.

— Je n'ai pas besoin de tes compliments.

— Ce ne sont pas des compliments. J'attendrai, pour vous en faire, que vous soyez allé jusqu'au bout.

— Jusqu'à quel bout ?

— Au bout de votre tâche.

— Ah ! j'ai une tâche à remplir ?

— Évidemment. Vous nous avez reçus à votre bord, la jeune fille et moi. Bien. Vous avez donné votre cabine à miss Halliburtt. Bon. Vous m'avez fait grâce du martinet. On ne peut mieux. Vous allez nous conduire tout droit à Charleston. C'est à ravir. Mais ce n'est pas tout.

– Comment ! ce n'est pas tout ! s'écria James Playfair, stupéfait des prétentions de Crockston.

– Non certes, répondit ce dernier en prenant un air narquois. Le père est prisonnier là-bas !

– Eh bien ?

– Eh bien, il faudra délivrer le père.

– Délivrer le père de miss Halliburtt ?

– Sans doute. Un digne homme, un courageux citoyen ! Il vaut la peine que l'on risque quelque chose pour lui.

– Maître Crockston, dit James Playfair en fronçant les sourcils, tu m'as l'air d'un plaisant de première force. Mais retiens bien ceci : je ne suis pas d'humeur à plaisanter.

– Vous vous méprenez, capitaine, répliqua l'Américain. Je ne plaisante en aucune façon. Je vous parle très sérieusement. Ce que je vous propose vous paraît absurde tout d'abord, mais quand vous aurez réfléchi, vous verrez que vous ne pouvez faire autrement.

– Comment ! il faudra que je délivre Mr. Halliburtt ?

– Sans doute. Vous demanderez sa mise en liberté au général Beauregard, qui ne vous la refusera pas.

– Et s'il me la refuse ?

– Alors, répondit Crockston sans plus s'émouvoir, nous emploierons les grands moyens, et nous enlèverons le prisonnier à la barbe des Confédérés.

– Ainsi, s'écria James Playfair, que la colère commençait à gagner, ainsi, non content de passer au travers des flottes fédérales et de forcer le blocus de Charleston, il faudra que je reprenne la mer sous le canon des forts, et cela pour délivrer un monsieur que je ne connais pas, un de ces abolitionnistes que je déteste, un de ces gâcheurs de papier qui versent leur encre au lieu de verser leur sang !

– Oh ! un coup de canon de plus ou de moins ! ajouta Crockston.

– Maître Crockston, dit James Playfair, fais bien attention : si tu as le malheur de me reparler de cette affaire, je t'envoie à fond de cale pendant toute la traversée pour t'apprendre à veiller sur ta langue. »

Cela dit, le capitaine congédia l'Américain, qui s'en alla en murmurant :

« Eh bien, je ne suis pas mécontent de cette conversation ! L'affaire est lancée ! Cela va ! cela va ! »

Lorsque James Playfair avait dit « un abolitionniste que je déteste », il était évidemment allé au-delà de sa pensée. Ce n'était point un partisan de l'esclavage, mais il ne voulait pas admettre que la question de la servitude fût prédominante dans la guerre civile des États-Unis, et cela malgré les déclarations formelles du président Lincoln. Prétendait-il donc que les États du Sud – huit sur trente-six – avaient en principe le droit de se séparer, puisqu'ils s'étaient réunis volontairement ? Pas même. Il détestait les hommes du Nord, et voilà tout. Il les détestait comme d'anciens frères séparés de la famille commune, de vrais Anglais qui avaient jugé bon de faire ce que lui, James Playfair, approuvait maintenant chez les États confédérés. Voilà quelles étaient les opinions politiques du capitaine du Delphin ; mais surtout la guerre d'Amérique le gênait personnellement, et il en voulait à ceux qui faisaient cette guerre. On comprend donc comment il dut recevoir cette proposition de délivrer un esclavagiste, et de se mettre à dos les Confédérés, avec lesquels il prétendait trafiquer.

Cependant, les insinuations de Crockston ne laissaient pas de le tracasser. Il les rejetait au loin, mais elles revenaient sans cesse assiéger son esprit, et quand, le lendemain, miss Jenny monta un instant sur le pont, il n'osa pas la regarder en face.

Et c'était grand dommage, assurément, car cette jeune fille à la tête blonde, au regard intelligent et doux, méritait d'être regardée par un jeune homme de trente ans ; mais James se sentait embarrassé en sa présence, il sentait que cette charmante créature possédait une âme forte et généreuse, dont l'éducation s'était faite à l'école du malheur. Il comprenait que son silence envers elle renfermait un refus d'acquiescer à ses vœux les plus chers. D'ailleurs, miss Jenny ne recherchait pas James Playfair, mais elle ne l'évitait pas non plus, et pendant les premiers jours on se parla peu ou point. Miss Halliburtt sortait à peine de sa cabine, et certainement elle n'eût jamais adressé la parole au capitaine du Delphin, sans un stratagème de Crockston qui mit les deux parties aux prises.

Le digne Américain était un fidèle serviteur de la famille Halliburtt. Il avait été élevé dans la maison de son maître, et son dévouement ne connaissait pas de limites. Son bon sens égalait son courage et sa vigueur. Ainsi qu'on l'a vu, il avait une manière à lui d'envisager les choses ; il se faisait une philosophie particulière sur les événements ; il donnait peu de prise au découragement, et dans les plus fâcheuses conjonctures, il savait merveilleusement se tirer d'affaire.

Ce brave homme avait mis dans sa tête de délivrer Mr. Halliburtt, d'employer à le sauver le navire du capitaine et le capitaine lui-même, et de revenir en Angleterre. Tel était son projet, si la jeune fille n'avait d'autre but que de rejoindre son père et de partager sa captivité. Aussi Crockston cherchait-il à entreprendre James Playfair ; il avait lâché sa bordée, comme on l'a vu, mais l'ennemi ne s'était pas rendu. Au contraire.

« Allons, se dit-il, il faut absolument que miss Jenny et le capitaine en viennent à s'entendre. S'ils boudent ainsi pendant toute la traversée, nous n'arriverons à rien. Il faut qu'ils parlent, qu'ils discutent, qu'ils se disputent même, mais qu'ils causent, et je veux être pendu si, dans la conversation, James Playfair n'en arrive pas à proposer lui-même ce qu'il refuse aujourd'hui. »

Mais quand Crockston vit que la jeune fille et le jeune homme s'évitaient, il commença à être embarrassé.

« Faut brusquer », se dit-il.

Et, le matin du quatrième jour, il entra dans la cabine de miss Halliburtt en se frottant les mains avec un air de satisfaction parfaite.

« Bonne nouvelle, s'écria-t-il, bonne nouvelle ! Vous ne devineriez jamais ce que m'a proposé le capitaine. Un bien digne jeune homme, allez !

— Ah ! répondit Jenny, dont le cœur battit violemment, il t'a proposé ?...

— De délivrer Mr. Halliburtt, de l'enlever aux Confédérés et de le ramener en Angleterre.

— Est-il vrai ? s'écria Jenny.

— C'est comme je vous le dis, miss. Quel homme de cœur que ce James Playfair ! Voilà comme sont les Anglais : tout mauvais ou tout bons ! Ah ! il peut compter sur ma reconnaissance, celui-là, et je suis prêt à me faire hacher pour lui, si cela peut lui être agréable. »

La joie de Jenny fut profonde en entendant les paroles de Crockston. Délivrer son père ! mais elle n'eût jamais osé concevoir un tel projet ! Et le capitaine du Delphin allait risquer pour elle son navire et son équipage !

« Voilà comme il est, ajouta Crockston en finissant, et cela, miss Jenny, mérite bien un remerciement de votre part.

— Mieux qu'un remerciement, s'écria la jeune fille, une éternelle amitié ! »

Et aussitôt elle quitta sa cabine pour aller exprimer à James Playfair les sentiments qui débordaient de son cœur.

« Ca marche de plus en plus, murmura l'Américain. Ca court même, ça arrivera ! »

James Playfair se promenait sur la dunette, et, comme on le pense bien, il fut fort surpris, pour ne pas dire stupéfait, de voir la jeune fille s'approcher de lui, et les yeux humides des larmes de la reconnaissance, lui tendre la main en disant :

« Merci, monsieur, merci de votre dévouement, que je n'aurais jamais osé attendre d'un étranger !

— Miss, répondit le capitaine en homme qui ne comprenait pas et ne pouvait pas comprendre, je ne sais...

— Cependant, monsieur, reprit Jenny, vous allez braver bien des dangers pour moi, peut-être compromettre vos intérêts. Vous avez tant fait déjà, en m'accordant à votre bord une hospitalité à laquelle je n'avais aucun droit...

– Pardonnez-moi, miss Jenny, répondit James Playfair, mais je vous affirme que je ne comprends pas vos paroles. Je me suis conduit envers vous comme fait tout homme bien élevé envers une femme, et mes façons d'agir ne méritent ni tant de reconnaissance ni tant de remerciements.

– Monsieur Playfair, dit Jenny, il est inutile de feindre plus longtemps. Crockston m'a tout appris !

– Ah ! fit le capitaine, Crockston vous a tout appris. Alors je comprends de moins en moins le motif qui vous a fait quitter votre cabine et venir me faire entendre des paroles dont... »

En parlant ainsi, le jeune capitaine était assez embarrassé de sa personne ; il se rappelait la façon brutale avec laquelle il avait accueilli les ouvertures de l'Américain ; mais Jenny ne lui laissa pas le temps de s'expliquer davantage, fort heureusement pour lui, et elle l'interrompit en disant :

« Monsieur James, je n'avais d'autre projet, en prenant passage à votre bord, que d'aller à Charleston, et là, si cruels que soient les esclavagistes, ils n'auraient pas refusé à une pauvre fille de lui laisser partager la prison de son père. Voilà tout, et je n'aurais jamais espéré un retour impossible ; mais puisque votre générosité va jusqu'à vouloir délivrer mon père prisonnier, puisque vous voulez tout tenter pour le sauver, soyez assuré de ma vive reconnaissance, et laissez-moi vous donner la main ! »

James ne savait que dire ni quelle contenance garder ; il se mordait les lèvres ; il n'osait prendre cette main que lui tendait la jeune fille. Il voyait bien que Crockston l'avait « compromis », afin qu'il ne lui fût pas possible de reculer. Et cependant, il n'entrait pas dans ses idées de concourir à la délivrance de Mr. Halliburtt et de se mettre une mauvaise affaire sur le dos. Mais comment trahir les espérances conçues par cette jeune fille ? Comment refuser cette main qu'elle lui tendait avec un sentiment si profond d'amitié ? Comment changer en larmes de douleur les larmes de reconnaissance qui s'échappaient de ses yeux ?

Aussi le jeune homme chercha-t-il à répondre évasivement, de manière à conserver sa liberté d'action et à ne pas s'engager pour l'avenir.

« Miss Jenny, dit-il, croyez bien que je ferai tout au monde pour... »

Et il prit dans ses mains la petite main de Jenny ; mais à la douce pression qu'il éprouva, il sentit son cœur se fondre, sa tête se troubler ; les mots lui manquèrent pour exprimer ses pensées ; il balbutia quelques paroles vagues :

« Miss... miss Jenny... pour vous... »

Crockston, qui l'examinait, se frottait les mains en grimaçant et répétait :

« Ca arrive ! ça arrive ! c'est arrivé ! »

Comment James Playfair se serait-il tiré de cette embarrassante situation ? Nul n'aurait pu le dire. Mais heureusement pour lui, sinon pour le Delphin, la voix du matelot de vigie se fit entendre.

« Ohé ! officier de quart ! cria-t-il.

– Quoi de nouveau ? répondit Mr. Mathew.

– Une voile au vent ! »

James Playfair, quittant aussitôt la jeune fille, s'élança dans les haubans d'artimon.

Les boulets de l'Iroquois et les arguments de Miss Jenny

La navigation du Delphin s'était accomplie jusqu'alors avec beaucoup de bonheur et dans de remarquables conditions de rapidité. Pas un seul navire ne s'était montré en vue avant cette voile signalée par la vigie.

Le Delphin se trouvait alors par 32° 15' de latitude et 57° 43' de longitude à l'ouest du méridien de Greenwich, c'est-à-dire aux trois cinquièmes de son parcours. Depuis quarante– huit heures, un brouillard qui commençait alors à se lever couvrait les eaux de l'Océan. Si cette brume favorisait le Delphin en cachant sa marche, elle l'empêchait aussi d'observer la mer sur une grande étendue, et, sans s'en douter, il pouvait naviguer bord à bord, pour ainsi dire, avec les navires qu'il voulait éviter.

Or, c'est ce qui était arrivé, et quand le navire fut signalé, il ne se trouvait pas à plus de trois milles au vent.

Lorsque James Playfair eut atteint les barres, il aperçut visiblement dans l'éclaircie une grande corvette fédérale qui marchait à toute vapeur. Elle se dirigeait sur le Delphin, de manière à lui couper la route.

Le capitaine, après l'avoir soigneusement examinée, redescendit sur le pont et fit venir son second.

« Monsieur Mathew, lui dit-il, que pensez-vous de ce navire ?

– Je pense, capitaine, que c'est un navire de la marine fédérale qui suspecte nos intentions.

– En effet, il n'y a pas de doute possible sur sa nationalité, répondit James Playfair. Voyez. »

En ce moment, le pavillon étoilé des États-Unis du Nord montait à la corne de la corvette, et celle-ci assurait ses couleurs d'un coup de canon.

« Une invite à montrer les nôtres, dit Mr. Mathew. Eh bien, montrons-les. Il n'y a pas à en rougir.

– A quoi bon ? répondit James Playfair. Notre pavillon ne nous couvrirait guère, et il n'empêcherait pas ces gens-là de vouloir nous rendre visite. Non. Allons de l'avant.

– Et marchons vite, reprit Mr. Mathew, car si mes yeux ne me trompent pas, j'ai déjà vu cette corvette quelque part aux environs de Liverpool, où elle venait surveiller les bâtiments en construction. Que je perde mon nom, si on ne lit pas l'Iroquois sur le tableau de son taffrail.

– Et c'est une bonne marcheuse ?

– L'une des meilleures de la marine fédérale.

– Quels canons porte-t-elle ?

– Huit canons.

– Peuh !

– Oh ! ne haussez pas les épaules, capitaine, répliqua Mr. Mathew d'un ton sérieux. De ces huit canons, il y en a deux à pivots, l'un de soixante sur le gaillard d'arrière, l'autre de cent sur le pont, et rayés tous les deux.

— Diable ! fit James Playfair, ce sont des Parrotts, et cela porte à trois milles, ces canons-là.

— Oui, et même mieux, capitaine.

— Eh bien, monsieur Mathew, que les canons soient de cent ou de quatre, qu'ils portent à trois milles ou à cinq cents yards, c'est tout un, quand on file assez vite pour éviter leurs boulets. Nous allons donc montrer à cet Iroquois comment on marche quand on est fait pour marcher. Faites activer les feux, monsieur Mathew. »

Le second transmit à l'ingénieur les ordres du capitaine, et bientôt une fumée noire tourbillonna au-dessus des cheminées du steamer.

Ces symptômes ne parurent pas être du goût de la corvette, car elle fit au Delphin le signal de mettre en panne. Mais James Playfair ne tint aucun compte de l'avertissement et ne changea pas la direction de son navire.

« Et maintenant, dit-il, nous allons voir ce que fera l'Iroquois. Il a une belle occasion d'essayer son canon de cent et de savoir jusqu'où il porte. Que l'on marche à toute vapeur !

— Bon ! fit Mr. Mathew, nous ne tarderons pas à être salués d'une belle manière. »

En revenant sur la dunette, le capitaine vit miss Halliburtt assise tranquillement près de la lisse.

« Miss Jenny, lui dit-il, nous allons probablement être chassés par cette corvette que vous voyez au vent, et comme elle va nous parler à coups de canon, je vous offre mon bras pour vous reconduire à votre cabine.

— Je vous remercie bien, monsieur Playfair, répondit la jeune fille en regardant le jeune homme, mais je n'ai pas peur d'un coup de canon.

— Cependant, miss, malgré la distance, il peut y avoir quelque danger.

— Oh ! je n'ai pas été élevée en fille craintive. On nous habitue à tout, en Amérique, et je vous assure que les boulets de l'Iroquois ne me feront pas baisser la tête.

— Vous êtes brave, miss Jenny.

— Admettons que je sois brave, monsieur Playfair, et permettez-moi de rester auprès de vous.

— Je n'ai rien à vous refuser, miss Halliburtt », répondit le capitaine en considérant la tranquille assurance de la jeune fille.

Ces mots étaient à peine achevés, que l'on vit une vapeur blanche jaillir hors des bastingages de la corvette fédérale. Avant que le bruit de la détonation fût arrivé jusqu'au Delphin, un projectile cylindro-conique, tournant sur lui-même avec une effroyable rapidité, et se vissant dans l'air, pour ainsi dire, se dirigea vers le steamer. Il était facile de le suivre dans sa marche, qui s'opérait avec une certaine lenteur relative, car les projectiles s'échappent moins vite de la bouche des canons rayés que de tout autre canon à âme lisse.

Arrivé à vingt brasses du Delphin, le projectile, dont la trajectoire s'abaissait sensiblement, effleura les lames, en marquant son passage par une suite de jets d'eau ; puis il prit un nouvel élan en touchant la surface liquide, il rebondit à une certaine hauteur, passa par-dessus le Delphin en coupant le bras tribord de la vergue de misaine, retomba à trente brasses au-delà et s'enfonça dans les flots.

« Diable ! fit James Playfair, gagnons ! gagnons ! Le second boulet ne se fera pas attendre.

— Oh ! fit Mr. Mathew, il faut un certain temps pour recharger de telles pièces.

— Ma foi, voilà qui est fort intéressant à voir, dit Crockston, qui, les bras croisés, regardait la scène en spectateur parfaitement désintéressé. Et dire que ce sont nos amis qui nous envoient des boulets pareils !

— Ah ! c'est toi ! s'écria James Playfair en toisant l'Américain des pieds à la tête.

— C'est moi, capitaine, répondit imperturbablement l'Américain. Je viens voir comment tirent ces braves fédéraux. Pas mal, en vérité, pas mal ! »

Le capitaine allait répondre assez vertement à Crockston, mais en ce moment un second projectile vint frapper la mer par le travers de la hanche de tribord.

« Bien ! s'écria James Playfair, nous avons déjà gagné deux encablures sur cet Iroquois. Ils marchent comme une bouée, tes amis, entends-tu, maître Crockston ?

— Je ne dis pas non, répliqua l'Américain, et, pour la première fois de ma vie, cela ne laisse pas de me faire plaisir. »

Un troisième boulet resta fort en arrière des deux premiers, et en moins de dix minutes le Delphin s'était mis hors de la portée des canons de la corvette.

« Voilà qui vaut tous les patent-logs du monde, monsieur Mathew, dit James Playfair, et grâce à ces boulets, nous savons à quoi nous en tenir sur notre vitesse. Maintenant, faites pousser les feux à l'arrière. Ce n'est pas la peine de brûler inutilement notre combustible.

— C'est un bon navire que vous commandez là, dit alors miss Halliburtt au jeune capitaine.

— Oui, miss Jenny, il file ses dix-sept nœuds, mon brave Delphin, et avant la fin de la journée nous aurons perdu de vue cette corvette fédérale. »

James Playfair n'exagérait pas les qualités nautiques de son bâtiment, et le soleil ne s'était pas encore couché que le sommet des mâts du navire américain avait disparu derrière l'horizon.

Cet incident permit au capitaine d'apprécier sous un jour tout nouveau le caractère de miss Halliburtt. D'ailleurs la glace était rompue. Désormais, pendant le reste de la traversée, les entretiens furent fréquents et prolongés entre le capitaine du Delphin et sa passagère. Il trouva en elle une jeune fille calme, forte, réfléchie, intelligente, parlant avec une grande franchise, à l'américaine, ayant des idées arrêtées sur toutes choses et les émettant avec une conviction qui pénétrait le cœur de James Playfair, et cela à son insu. Elle aimait son pays, elle se passionnait pour la grande idée de l'Union, et elle s'exprimait sur la guerre des États-Unis avec un enthousiasme dont toute autre femme n'eût pas été capable. Aussi arriva-t-il plus d'une fois que James Playfair fut fort embarrassé de lui répondre. Souvent même les opinions du « négociant » se trouvaient en jeu, et Jenny les attaquait avec non moins de vigueur et ne voulait transiger en aucune façon. D'abord, James discuta beaucoup. Il essaya de soutenir les confédérés contre les fédéraux, de prouver que le droit était du côté des sécessionnistes et d'affirmer que des gens qui s'étaient réunis volontairement pouvaient se séparer de même. Mais la jeune fille ne voulut pas céder sur ce point, elle démontra, d'ailleurs, que la question de l'esclavage primait toutes les autres dans cette lutte des Américains du Nord contre ceux du Sud, qu'il s'agissait beaucoup plus de morale et d'humanité que de politique, et James fut battu sans pouvoir répliquer. D'ailleurs, pendant ces discussions, il écoutait surtout. S'il fut plus touché des arguments de miss Halliburtt que du charme qu'il éprouvait à l'entendre, c'est ce qu'il est presque impossible de dire ; mais enfin il dut reconnaître, entre autres choses, que la question de l'esclavage était une question principale dans la guerre des États-Unis, qu'il fallait la trancher définitivement et en finir avec ces dernières horreurs des temps barbares.

Du reste, on l'a dit, les opinions politiques du capitaine ne le préoccupaient pas beaucoup. Il en eût sacrifié de plus sérieuses à des arguments présentés sous une forme aussi attachante et dans des conditions semblables. Il faisait donc bon marché de ses idées en pareille matière, mais ce ne fut pas tout, et le « négociant » fut enfin attaqué directement dans ses intérêts les plus chers. Ce fut sur la question du trafic auquel était destiné le Delphin, et à propos des munitions qu'il portait aux confédérés.

« Oui, monsieur James, lui dit un jour miss Halliburtt, la reconnaissance ne saurait m'empêcher de vous parler avec la plus entière franchise. Au contraire. Vous êtes un brave marin, un habile commerçant, la maison Playfair est citée pour son honorabilité ; mais, en ce moment, elle manque à ses principes, et elle ne fait pas un métier digne d'elle.

— Comment ! s'écria James, la maison Playfair n'a pas le droit de tenter une pareille opération de commerce !

« — Non ! Elle porte des munitions de guerre à des malheureux en pleine révolte contre le gouvernement régulier de leur pays, et c'est prêter des armes à une mauvaise cause.

— Ma foi, miss Jenny, répondit le capitaine, je ne discuterai pas avec vous le droit des Confédérés, je ne vous répondrai que par un mot : je suis négociant, et, comme tel, je ne me préoccupe que des intérêts de ma maison. Je cherche le gain partout où il se présente.

— Voilà précisément ce qui est blâmable, monsieur Playfair, reprit la jeune fille. Le gain n'excuse pas. Ainsi, quand vous vendez aux Chinois l'opium qui les abrutit, vous êtes aussi coupable qu'en ce moment où vous fournissez aux gens du Sud les moyens de continuer une guerre criminelle !

— Oh ! pour cette fois, miss Jenny, ceci est trop fort, et je ne puis admettre...

— Non, ce que je dis est juste, et quand vous descendrez en vous-même, lorsque vous comprendrez bien le rôle que vous jouez, lorsque vous songerez aux résultats dont vous êtes parfaitement responsable aux yeux de tous, vous me donnerez raison sur ce point comme sur tant d'autres. »

A ces paroles, James Playfair restait abasourdi. Il quittait alors la jeune fille en proie à une colère véritable, car il sentait son impuissance à répondre ; puis il boudait comme un enfant pendant une demi-heure, une heure au plus, et il revenait à cette singulière jeune fille, qui l'accablait de ses plus sûrs arguments avec un si aimable sourire.

Bref, quoi qu'il en eût, et bien qu'il ne voulût pas en convenir, le capitaine James Playfair ne s'appartenait plus. Il n'était plus « maître après Dieu » à bord de son navire.

Aussi, à la grande joie de Crockston, les affaires de Mr. Halliburtt semblaient être en bon chemin. Le capitaine paraissait décidé à tout entreprendre pour délivrer le père de miss Jenny, dût-il, pour cela, compromettre le Delphin, sa cargaison, son équipage, et encourir les malédictions de son digne oncle Vincent.

Le chenal de l'île Sullivan

Deux jours après la rencontre de la corvette l'Iroquois, le Delphin se trouvait par le travers des Bermudes, et il eut à essuyer une violente bourrasque. Ces parages sont fréquemment visités par des ouragans d'une extrême véhémence. Ils sont célèbres par leurs sinistres, et c'est là que Shakespeare a placé les émouvantes scènes de son drame de « la Tempête », dans lequel Ariel et Caliban se disputent l'empire des flots.

Ce coup de vent fut épouvantable. James Playfair eut un instant la pensée de relâcher à Mainland, l'une des Bermudes, où les Anglais ont un poste militaire. C'eût été un contretemps fâcheux, et surtout regrettable. Le Delphin, heureusement, se comporta d'une merveilleuse façon pendant la tempête, et, après avoir fui un jour entier devant l'ouragan, il put reprendre sa route vers la côte américaine.

Mais si James Playfair s'était montré satisfait de son navire, il n'avait pas été moins ravi du courage et du sang-froid de la jeune fille. Miss Halliburtt passa près de lui, sur le pont, les plus mauvaises heures de l'ouragan. Aussi James, en s'interrogeant bien, vit qu'un amour profond, impérieux, irrésistible, s'emparait de tout son être.

« Oui, dit-il, cette vaillante fille est maîtresse à mon bord ! Elle me retourne comme fait la mer d'un bâtiment en détresse. Je sens que je sombre ! Que dira l'oncle Vincent ? Ah ! pauvre nature ! Je suis sûr que si Jenny me demandait de jeter à la mer toute cette maudite cargaison de contrebande, je le ferais sans hésiter, pour l'amour d'elle. »

Heureusement pour la maison Playfair et Co, miss Halliburtt n'exigea pas ce sacrifice. Néanmoins, le pauvre capitaine était bien pris, et Crockston, qui lisait dans son cœur à livre ouvert, se frottait les mains à en perdre l'épiderme.

« Nous le tenons, nous le tenons, se répétait-il à lui-même, et avant huit jours mon maître sera tranquillement installé à bord dans la meilleure cabine du Delphin. »

Quant à miss Jenny, s'aperçut-elle des sentiments qu'elle inspirait, se laissa-t-elle aller à les partager, nul ne le saurait dire, et James Playfair moins que personne. La jeune fille se tenait dans une réserve parfaite, tout en subissant l'influence de son éducation américaine, et son secret demeura profondément enseveli dans son cœur.

Mais pendant que l'amour faisait de tels progrès dans l'âme du jeune capitaine, le Delphin filait avec une non moins grande rapidité vers Charleston.

Le 13 janvier, la vigie signala la terre à dix milles dans l'ouest. C'était une côte basse et presque confondue dans son éloignement avec la ligne des flots. Crockston examinait attentivement l'horizon, et, vers neuf heures du matin, fixant un point dans l'éclaircie du ciel, s'écria :

« Le phare de Charleston ! »

Si le Delphin fût arrivé de nuit, ce phare, situé sur l'île Morris, et élevé de cent quarante pieds au-dessus du niveau de la mer, eût été aperçu depuis plusieurs heures, car les éclats de son feu tournant sont visibles à une distance de quatorze milles.

Lorsque la position du Delphin fut ainsi relevée, James Playfair n'eut plus qu'une chose à faire : décider par quelle passe il pénétrerait dans la baie de Charleston.

« Si nous ne rencontrons aucun obstacle, dit-il, avant trois heures nous serons en sûreté dans les docks du port. »

La ville de Charleston est située au fond d'un estuaire long de sept milles, large de deux, nommé Charleston-Harbour, et dont l'entrée est assez difficile. Cette entrée est resserrée entre l'île Morris au sud et l'île Sullivan au nord. A l'époque où le Delphin vint tenter de forcer le blocus, l'île Morris appartenait déjà aux troupes fédérales, et le général Gillmore y faisait établir des batteries qui battaient et commandaient la rade. L'île Sullivan, au contraire, était aux mains des Confédérés qui tenaient bon dans le fort Moultrie, situé à son extrémité. Il y avait donc tout avantage pour le Delphin à raser de près les rivages du nord, pour éviter le feu des batteries de l'île Morris.

Cinq passes permettaient de pénétrer dans l'estuaire : le chenal de l'île Sullivan, le chenal du nord, le chenal Overall, le chenal principal, et enfin le chenal Lawford ; mais ce dernier ne doit pas être attaqué par des étrangers, à moins qu'ils n'aient d'excellentes pratiques à bord, et des navires calant moins de sept pieds d'eau. Quand au chenal du nord et au chenal Overall, ils étaient enfilés par les batteries fédérales. Donc, il ne fallait pas y penser. Si James Playfair avait eu la possibilité de choisir, il aurait engagé son steamer dans le chenal principal, qui est le meilleur et dont les relèvements sont faciles à suivre ; mais il fallait s'en remettre aux circonstances et se décider suivant l'événement. D'ailleurs, le capitaine du Delphin connaissait parfaitement tous les secrets de cette baie, ses dangers, la profondeur de ses eaux à mer basse, ses courants ; il était donc capable de gouverner son bâtiment avec la plus parfaire sûreté, dès qu'il aurait embouqué l'un de ces étroits pertuis. La grande question était donc d'y pénétrer.

Or, cette manœuvre demandait une grande expérience de la mer, et une exacte connaissance des qualités du Delphin.

En effet, deux frégates fédérales croisaient alors dans les eaux de Charleston. Mr. Mathew les signala bientôt à l'attention de James Playfair.

« Elles se préparent, dit-il, à nous demander ce que nous venons faire dans ces parages.

— Eh bien, nous ne leur répondrons pas, répliqua le capitaine, et elles en seront pour leurs frais de curiosité. »

Cependant, les croiseurs se dirigeaient à toute vapeur vers le Delphin, qui continua sa route tout en ayant soin de se tenir hors de portée de leurs canons. Mais, afin de gagner du temps, James Playfair mit le cap au sud-ouest, voulant donner le change aux bâtiments ennemis. Ceux-ci durent croire, en effet, que le Delphin avait l'intention de se lancer dans les passes de l'île Morris. Or, il y avait là des batteries et des canons dont un seul boulet eût suffi à couler bas le navire anglais. Les fédéraux laissèrent donc le Delphin courir vers le sud-ouest, en se contentant de l'observer, et sans lui appuyer trop vivement la chasse.

Aussi, pendant une heure, la situation respective des navires ne changea pas. D'ailleurs, James Playfair, voulant tromper les croiseurs sur la marche du Delphin, avait fait modérer le jeu des tiroirs, et ne marchait qu'à petite vapeur. Cependant, aux épais tourbillons de fumée qui s'échappaient de ses cheminées, on devait croire qu'il cherchait à obtenir son maximum de pression, et, par conséquent, son maximum de rapidité.

« Ils seront bien étonnés tout à l'heure, dit James Playfair, quand ils nous verront filer entre leurs mains ! »

En effet, lorsque le capitaine se vit assez rapproché de l'île Morris, et devant une ligne de canons dont il ne connaissait pas la portée, il changea brusquement sa barre, fit pirouetter son navire sur lui-même, et revint au nord, en laissant les croiseurs à deux milles au vent de lui. Ceux-ci, voyant cette manœuvre, comprirent les projets du steamer, et ils se mirent résolument à le poursuivre. Mais il était trop tard. Le Delphin, doublant sa vitesse sous l'action de ses hélices lancées à toute volée, les distança rapidement en se rapprochant de la côte. Quelques boulets lui furent adressés par acquit de conscience, mais les fédéraux en furent pour leurs projectiles, qui n'arrivèrent seulement pas à mi– chemin. A onze heures du matin, le steamer, rangeant de près l'île Sullivan, grâce à son faible tirant d'eau, donnait à pleine vapeur dans l'étroite passe. Là, il se trouvait en sûreté, car aucun croiseur fédéral n'eût osé le suivre dans ce chenal, qui ne donne pas en moyenne onze pieds d'eau en basse mer.

« Comment, s'écria Crockston, ce n'est pas plus difficile que cela ?

– Oh ! oh ! maître Crockston, répondit James Playfair, le difficile n'est pas d'entrer, mais de sortir.

– Bah ! répondit l'Américain, voilà qui ne m'inquiète guère. Avec un bâtiment comme le Delphin et un capitaine comme monsieur James Playfair, on entre quand on veut et on sort de même. »

Cependant, James Playfair, sa lunette à la main, examinait avec attention la route à suivre. Il avait sous les yeux d'excellentes cartes côtières qui lui permirent de marcher en avant sans un embarras, sans une hésitation.

Son navire une fois engagé dans le chenal étroit qui court le long de l'île Sullivan, James gouverna en relevant le milieu du fort Moultrie à l'ouest-demi-nord, jusqu'à ce que le château de Pickney, reconnaissable à sa couleur sombre, et situé sur l'îlot isolé de Shute's Folly, se montrât au nord-nord-est. De l'autre côté, il tint la maison du fort Johnson, élevé sur la gauche, ouverte de deux degrés au nord du fort Sumter.

En ce moment, il fut salué de quelques boulets partis des batteries de l'île Morris, qui ne l'atteignirent pas. Il continua donc sa route, sans dévier d'un point, passa devant Moultrieville, située à l'extrémité de l'île Sullivan, et débouqua dans la baie.

Bientôt, il laissa le fort Sumter sur sa gauche, et fut masqué par lui des batteries fédérales.

Ce fort, célèbre dans la guerre des États-Unis, est situé à trois milles un tiers de Charleston, et à un mille environ de chaque côté de la baie. C'est un pentagone tronqué, construit sur une île artificielle en granit du Massachusetts, et dont la construction a duré dix ans et a coûté plus de neuf cent mille dollars.

C'est de ce fort que, le 13 avril 1861, Anderson et les troupes fédérales furent chassés, et c'est contre lui que se tira le premier coup de feu des séparatistes. On ne saurait évaluer les masses de fer et de plomb que les canons des fédéraux vomirent sur lui. Cependant il résista pendant près de trois années. Quelques mois plus tard, après le passage du Delphin, il tomba sous les boulets de trois cents livres des canons rayés de Parrott, que le général Gillmore fit établir sur l'île Morris.

Mais alors il était dans toute sa force, et le drapeau des Confédérés flottait au-dessus de cet énorme pentagone de pierre.

Une fois le fort dépassé, la ville de Charleston apparut couchée entre les deux rivières d'Ashley et de Cooper ; elle formait une pointe avancée sur la rade.

James Playfair fila au milieu des bouées qui marquent le chenal, en laissant au sud-sud– ouest le phare de Charleston, visible au-dessus des terrassements de l'île Morris. Il avait alors hissé à sa corne le pavillon d'Angleterre, et il évoluait avec une merveilleuse rapidité dans les passes.

Lorsqu'il eut laissé sur tribord la bouée de la Quarantaine, il s'avança librement au milieu des eaux de la baie. Miss Halliburtt était debout sur la dunette, considérant cette ville où son père était retenu prisonnier, et ses yeux se remplissaient de larmes.

Enfin, l'allure du steamer fut modérée sur l'ordre du capitaine ; le Delphin rangea à la pointe les batteries du sud et de l'est, et bientôt il fut amarré à quai dans le North–Commercial wharf.

Un général sudiste

Le Delphin, en arrivant aux quais de Charleston, avait été salué par les hurrahs d'une foule nombreuse. Les habitants de cette ville, étroitement bloquée par mer, n'étaient pas accoutumés aux visites de navires européens. Ils se demandaient, non sans étonnement, ce que venait faire dans leurs eaux ce grand steamer portant fièrement à sa corne le pavillon d'Angleterre. Mais quand on sut le but de son voyage, pourquoi il venait de forcer les passes de Sullivan, lorsque le bruit se répandit qu'il renfermait dans ses flancs toute une cargaison de contrebande de guerre, les applaudissements et les cris de joie redoublèrent d'intensité.

James Playfair, sans perdre un instant, se mit en rapport avec le général Beauregard, commandant militaire de la ville. Celui-ci reçut avec empressement le jeune capitaine du Delphin, qui arrivait fort à propos pour donner à ses soldats les habillements et les munitions dont ils avaient le plus grand besoin. Il fut donc convenu que le déchargement du navire se ferait immédiatement, et des bras nombreux vinrent en aide aux matelots anglais.

Avant de quitter son bord, James Playfair avait reçu de miss Halliburtt les plus pressantes recommandations au sujet de son père. Le jeune capitaine s'était mis tout entier au service de la jeune fille.

« Miss Jenny, avait-il dit, vous pouvez compter sur moi ; je ferai l'impossible pour sauver votre père, mais j'espère que cette affaire ne présentera pas de difficultés ; j'irai voir le général Beauregard aujourd'hui même, et, sans lui demander brusquement la liberté de Mr. Halliburtt, je saurai de lui dans quelle situation il se trouve, s'il est libre sur parole ou prisonnier.

— Mon pauvre père ! répondit en soupirant Jenny, il ne sait pas sa fille si près de lui. Que ne puis-je voler dans ses bras !

— Un peu de patience, miss Jenny. Bientôt vous embrasserez votre père. Comptez bien que j'agirai avec le plus entier dévouement, mais aussi en homme prudent et réfléchi. »

C'est pourquoi James Playfair, fidèle à sa promesse, après avoir traité en négociant les affaires de sa maison, livré la cargaison du Delphin au général et traité de l'achat à vil prix d'un immense stock de coton, mit la conversation sur les événements du jour.

« Ainsi, dit-il au général Beauregard, vous croyez au triomphe des esclavagistes ?

— Je ne doute pas un instant de notre victoire définitive, et, en ce qui regarde Charleston, l'armée de Lee en fera bientôt cesser l'investissement. D'ailleurs, que voulez-vous attendre des abolitionnistes ? En admettant, ce qui ne sera pas, que les villes commerçantes de la Virginie, des deux Carolines, de la Géorgie, de l'Alabama, du Mississippi vinssent à tomber en leur pouvoir, après ? Seraient-ils maîtres d'un pays qu'ils ne pourront jamais occuper ? Non certes, et suivant moi, s'ils étaient jamais victorieux, ils seraient fort embarrassés de leur victoire.

— Et vous êtes absolument sûr de vos soldats, demanda le capitaine ; vous ne craignez pas que Charleston ne se lasse d'un siège qui la ruine ?

— Non ! je ne crains pas la trahison. D'ailleurs, les traîtres seraient sacrifiés sans pitié, et je détruirais la ville elle-même par le fer ou la flamme si j'y surprenais le moindre mouvement unioniste. Jefferson Davis m'a confié Charleston, et vous pouvez croire que Charleston est en mains sûres.

— Est-ce que vous avez des prisonniers nordistes ? demanda James Playfair, arrivant à l'objet intéressant de la conversation.

— Oui, capitaine, répondit le général. C'est à Charleston qu'a éclaté le premier coup de feu de la scission. Les abolitionnistes qui se trouvaient ici ont voulu résister, et, après avoir été battus, ils sont restés prisonniers de guerre.

— Et vous en avez beaucoup ?

— Une centaine environ.

— Libres dans la ville ?

— Ils l'étaient jusqu'au jour où j'ai découvert un complot formé par eux. Leur chef était parvenu à établir des communications avec les assiégeants, qui se trouvaient instruits de la situation de la ville. J'ai donc dû faire enfermer ces hôtes dangereux, et plusieurs de ces fédéraux ne sortiront de leur prison que pour monter sur les glacis de la citadelle, et, là, dix balles confédérées auront raison de leur fédéralisme.

— Quoi ! fusillés ! s'écria le jeune capitaine, tressaillant malgré lui.

— Oui ! et leur chef tout d'abord. Un homme fort déterminé et fort dangereux dans une ville assiégée. J'ai envoyé sa correspondance à la présidence de Richmond, et, avant huit jours, son sort sera irrévocablement fixé.

— Quel est donc cet homme dont vous parlez ? demanda James Playfair avec la plus parfaite insouciance.

— Un journaliste de Boston, un abolitionniste enragé, l'âme damnée de Lincoln.

— Et vous le nommez ?

— Jonathan Halliburtt.

— Pauvre diable ! fit James en contenant son émotion. Quoi qu'il ait fait, on ne peut s'empêcher de le plaindre. Et vous croyez qu'il sera fusillé ?

— J'en suis sûr, répondit Beauregard. Que voulez-vous ? La guerre est la guerre. On se défend comme on peut.

— Enfin, cela ne me regarde pas, répondit le capitaine, et même, quand cette exécution aura lieu, je serai déjà loin.

— Quoi ! vous pensez déjà à repartir ?

— Oui, général, on est négociant avant tout. Dès que mon chargement de coton sera terminé, je prendrai la mer. Je suis entré à Charleston, c'est bien, mais il faut en sortir. Là est l'important. Le Delphin est un bon navire ; il peut défier à la course tous les bâtiments de la marine fédérale ; mais si vite qu'il soit, il n'a pas la prétention de distancer un boulet de cent, et un boulet dans sa coque ou sa machine ferait singulièrement avorter ma combinaison commerciale.

— A votre aise, capitaine, répondit Beauregard. Je n'ai point de conseil à vous donner en pareille circonstance. Vous faites votre métier et vous avez raison. A votre place, j'agirais comme vous agissez. D'ailleurs, le séjour de Charleston est peu agréable, et une rade où il pleut des bombes trois jours sur quatre n'est pas un abri sûr pour un navire. Vous partirez donc quand il vous plaira. Mais un simple renseignement. Quels sont la force et le nombre des navires fédéraux qui croisent devant Charleston ? »

James Playfair satisfit aussi bien que possible aux demandes du général, et il prit congé de lui dans les meilleurs termes. Puis il revint au Delphin très soucieux, très affligé de ce qu'il venait d'apprendre.

« Que dire à miss Jenny, pensait-il, dois-je l'instruire de la terrible situation de Mr. Halliburtt ? Vaut-il mieux lui laisser ignorer les dangers qui la menacent ? Pauvre enfant ! »

Il n'avait pas fait cinquante pas hors de la maison du gouverneur, qu'il se heurta contre Crockston. Le digne Américain le guettait depuis son départ.

« Eh bien, capitaine ? »

James Playfair regarda fixement Crockston, et celui-ci comprit bien que le capitaine n'avait pas de nouvelles favorables à lui donner.

« Vous avez vu Beauregard ? demanda-t-il.

— Oui, répondit James Playfair.

— Et vous lui avez parlé de Mr. Halliburtt ?

— Non ! c'est lui qui m'en a parlé.

— Eh bien, capitaine ?

— Eh bien !... on peut tout te dire à toi, Crockston.

— Tout, capitaine.

— Eh bien ! le général Beauregard m'a dit que ton maître serait fusillé dans huit jours. »

A cette nouvelle, un autre que Crockston aurait bondi de rage, ou bien il se serait laissé aller aux éclats d'une douleur compromettante. Mais l'Américain, qui ne doutait de rien, eut comme un sourire sur ses lèvres et dit seulement :

« Bah ! qu'importe !

— Comment ! qu'importe ! s'écria James Playfair. Je te dis que Mr. Halliburtt sera fusillé dans huit jours, et tu réponds : Qu'importe !

— Oui, si dans six jours il est à bord du Delphin, et si dans sept le Delphin est en plein Océan.

— Bien ! fit le capitaine en serrant la main de Crockston. Je te comprends, mon brave. Tu es un homme de résolution, et moi, en dépit de l'oncle Vincent et de la cargaison du Delphin, je me ferais sauter pour miss Jenny.

— Il ne faut faire sauter personne, répondit l'Américain. Ca ne profite qu'aux poissons. L'important, c'est de délivrer Mr. Halliburtt.

— Mais sais-tu que ce sera difficile ?

— Peuh ! fit Crockston.

— Il s'agit de communiquer avec un prisonnier sévèrement gardé.

— Sans doute.

— Et de mener à bien une évasion presque miraculeuse !

— Bah ! fit Crockston. Un prisonnier est plus possédé de l'idée de s'enfuir que son gardien n'est possédé de l'idée de le garder. Donc un prisonnier doit toujours réussir à se sauver. Toutes les chances sont pour lui. C'est pourquoi, grâce à nos manœuvres, Mr. Halliburtt se sauvera.

— Tu as raison, Crockston.

— Toujours raison.

— Mais, enfin, comment feras-tu ? Il faut un plan, il y a des précautions à prendre.

— J'y réfléchirai.

— Mais miss Jenny, quand elle va apprendre que son père est condamné à mort, et que l'ordre de son exécution peut arriver d'un jour à l'autre...

— Elle ne l'apprendra pas, voilà tout.

— Oui, qu'elle l'ignore. Cela vaut mieux, et pour elle et pour nous.

— Où est enfermé Mr. Halliburtt ? demanda Crockston.

— A la citadelle, répondit James Playfair.

— Parfait. A bord, maintenant !

— A bord, Crockston ! »

L'évasion

Miss Jenny, assise sur la dunette du Delphin, attendait avec une anxieuse impatience le retour du capitaine. Lorsque celui-ci l'eut rejointe, elle ne put articuler une seule parole, mais ses regards interrogeaient James Playfair plus ardemment que ne l'eussent fait ses lèvres.

Celui-ci, aidé de Crockston, n'apprit à la jeune fille que les faits relatifs à l'emprisonnement de son père. Il lui dit qu'il avait prudemment pressenti Beauregard au sujet de ses prisonniers de guerre. Le général ne lui ayant pas paru bien disposé à leur égard, il s'était tenu sur la réserve et voulait prendre conseil des circonstances.

« Puisque Mr. Halliburtt n'est pas libre dans la ville, sa fuite offrira plus de difficulté, mais je viendrai à bout de ma tâche, et je vous jure, miss Jenny, que le Delphin ne quittera pas la rade de Charleston sans avoir votre père à son bord.

— Merci, monsieur James, dit Jenny, je vous remercie de toute mon âme. »

A ces paroles, James Playfair sentit son cœur bondir dans sa poitrine. Il s'approcha de la jeune fille, le regard humide, la parole troublée. Peut-être allait-il parler, faire l'aveu des sentiments qu'il ne pouvait plus contenir, quand Crockston intervint.

« Ce n'est pas tout cela, dit-il, et ce n'est pas le moment de s'attendrir. Causons et causons bien.

— As-tu un plan, Crockston ? demanda la jeune fille.

— J'ai toujours un plan, répondit l'Américain. C'est ma spécialité.

— Mais un bon ? dit James Playfair.

— Excellent, et tous les ministres de Washington n'en imagineraient pas un meilleur. C'est comme si Mr. Halliburtt était à bord. »

Crockston disait ces choses avec une telle assurance et en même temps une si parfaite bonhomie, qu'il eût fallu être le plus incrédule des hommes pour ne pas partager sa conviction.

« Nous t'écoutons, Crockston, dit James Playfair.

— Bon. Vous, capitaine, vous allez vous rendre auprès du général Beauregard, et vous lui demanderez un service qu'il ne vous refusera pas.

— Et lequel ?

— Vous direz que vous avez à bord un mauvais sujet, un chenapan fini, qui vous gêne, qui, pendant la traversée, a excité l'équipage à la révolte, enfin, une abominable pratique, et vous lui demanderez la permission de l'enfermer à la citadelle, à la condition, toutefois, de le reprendre à votre départ afin de le ramener en Angleterre et de le livrer à la justice de son pays.

— Bon ! répondit James Playfair en souriant à demi. Je ferai tout cela, et Beauregard accèdera très volontiers à ma demande.

— J'en suis parfaitement sûr, répondit l'Américain.

– Mais, reprit Playfair, il me manque une chose.

– Quoi donc ?

– Le mauvais chenapan.

– Il est devant vos yeux, capitaine.

– Quoi, cet abominable sujet ?...

– C'est moi, ne vous en déplaise.

– Oh ! brave et digne cœur ! s'écria Jenny en pressant de ses petites mains les mains rugueuses de l'Américain.

– Va, Crockston, reprit James Playfair, je te comprends, mon ami, et je ne regrette qu'une chose, c'est de ne pas pouvoir prendre ta place !

– A chacun son rôle, répliqua Crockston. Si vous vous mettiez à ma place, vous seriez très embarrassé, et moi je ne le serai pas. Vous aurez assez à faire plus tard de sortir de la rade sous le canon des fédéraux et des confédérés, ce dont je me tirerais fort mal pour mon compte.

– Bien, Crockston, continue.

– Voilà. Une fois dans la citadelle – je la connais – je verrai comment m'y prendre, mais soyez certain que je m'y prendrai bien. Pendant ce temps, vous procéderez au chargement de votre navire.

– Oh ! les affaires, dit le capitaine, c'est maintenant un détail de peu d'importance.

— Pas du tout ! Et l'oncle Vincent ! Qu'est-ce qu'il dirait ? Faisons marcher de pair les sentiments et les opérations de commerce. Cela empêchera les soupçons. Mais faisons vite. Pouvez-vous être prêt en six jours ?

— Oui.

— Eh bien, que le Delphin soit chargé et prêt à partir dans la journée du 22.

— Il sera prêt.

— Le soir du 22 janvier, entendez bien, envoyez une embarcation avec vos meilleurs hommes à White-Point, à l'extrémité de la ville. Attendez jusqu'à neuf heures, et vous verrez apparaître Mr. Halliburtt et votre serviteur.

— Mais comment auras-tu fait pour faire évader Mr. Halliburtt et t'échapper toi-même ?

— Cela me regarde.

— Cher Crockston, dit alors Jenny, tu vas donc exposer ta vie pour sauver mon père !

— Ne vous inquiétez pas de moi, miss Jenny, je n'expose absolument rien, vous pouvez m'en croire.

— Eh bien, demanda James Playfair, quand faut-il te faire enfermer ?

— Aujourd'hui même. Vous comprenez, je démoralise votre équipage. Il n'y a pas de temps à perdre.

— Veux-tu de l'or ? Cela peut te servir dans cette citadelle.

– De l'or, pour acheter un geôlier ! Point ! c'est trop cher et trop bête. Quand on en vient là, le geôlier garde l'argent et le prisonnier. Et il a raison, cet homme ! Non ! j'ai d'autres moyens plus sûrs. Cependant, quelques dollars. Il faut pouvoir boire au besoin.

– Et griser le geôlier.

– Non, un geôlier gris, ça compromet tout ! Non, je vous dis que j'ai mon idée. Laissez– moi faire.

– Tiens, mon brave Crockston, voilà une dizaine de dollars.

– C'est trop, mais je vous rendrai le surplus.

– Eh bien, es-tu prêt ?

– Tout prêt à être un coquin fieffé.

– Alors, en route.

– Crockston, dit la jeune fille d'une voix émue, Crockston, tu es bien le meilleur homme qui soit sur terre !

– Ca ne m'étonnerait pas, répondit l'Américain en riant d'un bon gros rire. Ah ! à propos, capitaine, une recommandation importante.

– Laquelle ?

– Si le général vous proposait de faire pendre votre chenapan – vous savez, les militaires, ça n'y va pas par quatre chemins !

– Eh bien, Crockston ?

– Eh bien, vous demanderiez à réfléchir.

– Je te le promets. »

Le jour même, au grand étonnement de l'équipage, qui n'était pas dans la confidence, Crockston, les fers aux pieds et aux mains, fut descendu à terre au milieu d'une dizaine de marins, et, une demi-heure après, sur la demande du capitaine James Playfair, le mauvais chenapan traversait les rues de la ville, et, malgré sa résistance, il se voyait écroué dans la citadelle de Charleston.

Pendant cette journée et les jours suivants, le déchargement du Delphin fut conduit avec une grande activité. Les grues à vapeur enlevaient sans désemparer toute la cargaison européenne pour faire place à la cargaison indigène. La population de Charleston assistait à cette intéressante opération, aidant et félicitant les matelots. On peut dire que ces braves gens tenaient le haut du pavé. Les Sudistes les avaient en grande estime ; mais James Playfair ne leur laissa pas le temps d'accepter les politesses des Américains ; il était sans cesse sur leur dos, et les pressait avec une fiévreuse activité dont les marins du Delphin ne soupçonnaient pas la cause.

Trois jours après, le 18 janvier, les premières balles de coton commencèrent à s'empiler dans la cale. Bien que James ne s'en inquiétât plus, la maison Playfair et Co faisait une excellente opération, ayant eu à vil prix tout le coton qui encombrait les wharfs de Charleston.

Cependant, on n'avait plus aucune nouvelle de Crockston. Sans en rien dire, Jenny était en proie à des craintes incessantes. Son visage, altéré par l'inquiétude, parlait pour elle, et James Playfair la rassurait par ses bonnes paroles.

« J'ai toute confiance dans Crockston, lui disait-il. C'est un serviteur dévoué. Vous qui le connaissez mieux que moi, miss Jenny, vous devriez vous rassurer entièrement. Dans trois jours, votre père vous pressera sur son cœur, croyez-en ma parole.

— Ah ! monsieur James ! s'écria la jeune fille, comment pourrai-je jamais reconnaître un tel dévouement ? Comment mon père et moi trouverons-nous le moyen de nous acquitter envers vous ?

— Je vous le dirai quand nous serons dans les eaux anglaises ! » répondit le jeune capitaine.

Jenny le regarda un instant, baissa ses yeux qui se remplirent de larmes, puis elle rentra dans sa cabine.

James Playfair espérait que, jusqu'au moment où son père serait en sûreté, la jeune fille ne saurait rien de sa terrible situation ; mais pendant cette dernière journée, l'involontaire indiscrétion d'un matelot lui apprit la vérité. La réponse du cabinet de Richmond était arrivée la veille par une estafette qui avait pu forcer la ligne des avant– postes. Cette réponse contenait l'arrêt de mort de Jonathan Halliburtt, et ce malheureux citoyen devait être passé le lendemain matin par les armes. La nouvelle de la prochaine exécution n'avait pas tardé à se répandre dans la ville, et elle fut apportée à bord par l'un des matelots du Delphin. Cet homme l'apprit à son capitaine sans se douter que miss Halliburtt était à portée de l'entendre. La jeune fille poussa un cri déchirant, et tomba sur le pont sans connaissance. James Playfair la transporta dans sa cabine, et les soins les plus assidus furent nécessaires pour la rappeler à la vie.

Quand elle rouvrit les yeux, elle aperçut le jeune capitaine qui, un doigt sur les lèvres, lui recommandait un silence absolu.

Elle eut la force de se taire, de comprimer les transports de sa douleur, et James Playfair, se penchant à son oreille, lui dit :

« Jenny, dans deux heures votre père sera en sûreté auprès de vous, ou j'aurai péri en allant le sauver ! »

Puis il sortit de la dunette en se disant :

« Et maintenant, il faut l'enlever à tout prix, quand je devrais payer sa liberté de ma vie et de celle de tout mon équipage ! »

L'heure d'agir était arrivée. Depuis le matin, le Delphin avait entièrement terminé son chargement de coton ; ses soutes au charbon étaient pleines. Dans deux heures, il pouvait partir. James Playfair l'avait fait sortir du North-Commercial Wharf et conduire en pleine rade ; il était donc prêt à profiter de la marée qui devait être pleine à neuf heures du soir.

Lorsque James Playfair quitta la jeune fille, sept heures sonnaient alors, et James fit commencer ses préparatifs de départ. Jusqu'ici, le secret avait été conservé de la manière la plus absolue entre lui, Crockston et Jenny. Mais alors il jugea convenable de mettre Mr. Mathew au courant de la situation, et il le fit à l'instant même.

« A vos ordres, répondit Mr. Mathew sans faire la moindre observation. Et c'est pour neuf heures ?

— Pour neuf heures. Faites immédiatement allumer les feux, et qu'on les pousse activement.

— Cela va être fait, capitaine.

« — Le Delphin est mouillé sur une ancre à jet. Nous couperons notre amarre, et nous filerons sans perdre une seconde.

— Parfaitement.

— Faites placer un fanal à la tête du grand mât. La nuit est obscure et le brouillard se lève. Il ne faut pas que nous courions le risque de nous égarer en revenant à bord. Vous prendrez même la précaution de faire sonner la cloche à partir de neuf heures.

— Vos ordres seront ponctuellement exécutés, capitaine.

— Et maintenant, monsieur Mathew, ajouta James Playfair, faites armer la guigue ; placez-y six de nos plus robustes rameurs. Je vais partir immédiatement pour White-Point. Je vous recommande miss Jenny pendant mon absence, et que Dieu nous protège, monsieur Mathew.

— Que Dieu nous protège ! » répondit le second.

Puis aussitôt il donna les ordres nécessaires pour que les fourneaux fussent allumés et l'embarcation armée. En quelques minutes, celle-ci fut prête. James Playfair, après avoir dit un dernier adieu à Jenny, descendit dans sa guigue, et put voir, au moment où elle débordait, des torrents de fumée noire se perdre dans l'obscur brouillard du ciel.

Les ténèbres étaient profondes ; le vent était tombé ; un silence absolu régnait sur l'immense rade, dont les flots semblaient assoupis. Quelques lumières à peine distinctes tremblotaient dans la brume. James Playfair avait pris la barre, et, d'une main sûre, il dirigeait son embarcation vers White-Point. C'était un trajet de deux milles à faire environ. Pendant le jour, James avait parfaitement établi ses relèvements, de telle sorte qu'il put gagner en droite ligne la pointe de Charleston.

Huit heures sonnaient à Saint-Philipp, quand la guigue heurta de son avant White-Point.

Il y avait encore une heure à attendre avant le moment précis fixé par Crockston. Le quai était absolument désert. Seule la sentinelle de la batterie du sud et de l'est se promenait à vingt pas. James Playfair dévorait les minutes. Le temps ne marchait pas au gré de son impatience.

A huit heures et demie, il entendit un bruit de pas. Il laissa ses hommes les avirons armés, et prêts à partir, et il se porta en avant. Mais au bout de dix pas, il se rencontra avec une ronde de gardes-côtes ; une vingtaine d'hommes en tout. James tira de sa ceinture un revolver, décidé à s'en servir au besoin. Mais que pouvait-il faire contre ces soldats, qui descendirent jusqu'au quai ?

Là, le chef de la ronde vint à lui, et, voyant la guigue, il demanda à James :

« Quelle est cette embarcation ?

— La guigue du Delphin, répondit le jeune homme.

— Et vous êtes ?...

— Le capitaine James Playfair.

— Je vous croyais parti, et déjà dans les passes de Charleston.

— Je suis prêt à partir... je devrais même être en route... mais...

– Mais... ? » demanda le chef des gardes-côtes en insistant.

James eut l'esprit traversé par une idée soudaine et il répondit :

« Un de mes matelots est enfermé à la citadelle, et, ma foi, j'allais l'oublier. Heureusement, j'y ai pensé lorsqu'il était temps encore, et j'ai envoyé des hommes le prendre.

– Ah ! ce mauvais sujet que vous voulez ramener en Angleterre ?

– Oui.

– On l'aurait aussi bien pendu ici que là-bas ! dit le garde-côte en riant de sa plaisanterie.

– J'en suis persuadé, répondit James Playfair, mais il vaut mieux que les choses se passent régulièrement.

– Allons, bonne chance, capitaine, et défiez-vous des batteries de l'île Morris.

– Soyez tranquille. Puisque je suis passé sans encombre, j'espère bien sortir dans les mêmes conditions.

– Bon voyage.

– Merci. »

Sur ce, la petite troupe s'éloigna, et la grève demeura silencieuse.

En ce moment, neuf heures sonnèrent. C'était le moment fixé. James sentait son cœur battre à se rompre dans sa poitrine. Un sifflement retentit. James répondit par un sifflement semblable ; puis il attendit, prêtant l'oreille, et de la main recommandant à ses matelots un silence absolu. Un homme parut enveloppé dans un large tartan, regardant de côté et d'autre. James courut à lui.

« Mr. Halliburtt ?

— C'est moi, répondit l'homme au tartan.

— Ah ! Dieu soit loué ! s'écria James Playfair. Embarquez sans perdre un instant. Où est Crockston ?

— Crockston ! fit Mr. Halliburtt d'un ton stupéfait. Que voulez-vous dire ?

— L'homme qui vous a délivré, celui qui vous a conduit ici, c'est votre serviteur Crockston.

— L'homme qui m'accompagnait est le geôlier de la citadelle, répondit Mr. Halliburtt.

— Le geôlier ! » s'écria James Playfair.

Évidemment, il n'y comprenait rien, et mille craintes l'assaillirent.

« Ah bien oui, le geôlier ! s'écria une voix connue. Le geôlier ! il dort comme une souche dans mon cachot !

— Crockston ! toi ! c'est toi ! fit Mr. Halliburtt.

— Mon maître ; pas de phrases ! On vous expliquera tout. Il y va de votre vie ! Embarquez, embarquez. »

Les trois hommes prirent place dans l'embarcation.

« Pousse ! » s'écria le capitaine.

Les six rames tombèrent à la fois dans leurs dames.

« Avant partout ! » commanda James Playfair.

Et la guigue glissa comme un poisson sur les flots sombres de Charleston-Harbour.

Entre deux feux

La guigue, enlevée par six robustes rameurs, volait sur les eaux de la rade. Le brouillard s'épaississait, et James Playfair ne parvenait pas sans peine à se maintenir dans la ligne de ses relèvements. Crockston s'était placé à l'avant de l'embarcation, et Mr. Halliburtt à l'arrière, auprès du capitaine. Le prisonnier, interdit tout d'abord de la présence de son serviteur, avait voulu lui adresser la parole ; mais celui-ci d'un geste lui recommanda le silence.

Cependant, quelques minutes plus tard, lorsque la guigue fut en pleine rade, Crockston se décida à parler. Il comprenait quelles questions devaient se presser dans l'esprit de Mr. Halliburtt.

« Oui, mon cher maître, dit-il, le geôlier est à ma place dans mon cachot, où je lui ai administré deux bons coups de poing, un sur la nuque et l'autre dans l'estomac, en guise de narcotique, et cela au moment où il m'apportait mon souper. Voyez quelle reconnaissance ! J'ai pris ses habits, j'ai pris ses clefs, j'ai été vous chercher, je vous ai conduit hors de la citadelle, sous le nez des soldats. Ce n'était pas plus difficile que cela !

— Mais ma fille ? demanda Mr. Halliburtt.

— A bord du navire qui va vous conduire en Angleterre.

— Ma fille est là, là ! s'écria l'Américain en s'élançant de son banc.

— Silence ! répondit Crockston. Encore quelques minutes, et nous sommes sauvés. »

L'embarcation volait au milieu des ténèbres, mais un peu au hasard. James Playfair ne pouvait apercevoir, au milieu du brouillard, les fanaux du Delphin. Il hésitait sur la direction à suivre, et l'obscurité était telle que les rameurs ne voyaient même pas l'extrémité de leurs avirons.

« Eh bien, monsieur James ? dit Crockston.

— Nous devons avoir fait plus d'un mille et demi, répondit le capitaine. Tu ne vois rien, Crockston !

— Rien. J'ai de bons yeux, pourtant. Mais bah ! nous arriverons ! Ils ne se doutent de rien, là-bas... »

Ces paroles n'étaient pas achevées qu'une fusée vint rayer les ténèbres et s'épanouir à une prodigieuse hauteur.

« Un signal ! s'écria James Playfair.

— Diable ! fit Crockston, il doit venir de la citadelle. Attendons. »

Une seconde, puis une troisième fusée s'élancèrent dans la direction de la première, et presque aussitôt le même signal fut répété à un mille en avant de l'embarcation.

« Cela vient du fort Sumter, s'écria Crockston, et c'est le signal d'évasion. Force de rames ! Tout est découvert.

— Souquez ferme, mes amis, s'écria James Playfair, excitant ses matelots. Ces fusées-là ont éclairé ma route. Le Delphin n'est pas à huit cent yards de nous. Tenez, j'entends la cloche du bord. Hardi ! hardi là ! Vingt livres pour vous, si nous sommes rendus dans cinq minutes. »

Les marins enlevèrent la guigue qui semblait raser les flots. Tous les cœurs battaient. Un coup de canon venait d'éclater dans la direction de la ville, et, à vingt brasses de l'embarcation, Crockston entendit plutôt qu'il ne vit passer un corps rapide qui pouvait bien être un boulet.

En ce moment la cloche du Delphin sonnait à toute volée. On approchait. Encore quelques coups d'aviron, et l'embarcation accosta. Encore quelques secondes, et Jenny tomba dans les bras de son père.

Aussitôt la guigue fut enlevée, et James Playfair s'élança sur la dunette.

« Monsieur Mathew, nous sommes en pression ?

– Oui, capitaine.

– Faites couper l'amarre, et à toute vapeur. »

Quelques instants après, les deux hélices poussaient le steamer vers la passe principale, en l'écartant du fort Sumter.

« Monsieur Mathew, dit James, nous ne pouvons songer à prendre les passes de l'île Sullivan ; nous tomberions directement sous les feux des Confédérés. Rangeons d'aussi près que possible la droite de la rade, quitte à recevoir la bordée des batteries fédérales. Vous avez un homme sûr à la barre ?

– Oui, capitaine.

« Faites éteindre vos fanaux et les feux du bord. C'est déjà trop, beaucoup trop, des reflets de la machine ; mais on ne peut les empêcher. »

Pendant cette conversation, le Delphin marchait avec une extrême rapidité ; mais en évoluant pour gagner la droite de Charleston-Harbour, il avait été forcé de suivre un chenal qui le rapprochait momentanément du fort Sumter, et il ne s'en trouvait pas à un demi-mille, quand les embrasures du fort s'illuminèrent toutes à la fois, et un ouragan de fer passa en avant du steamer avec une épouvantable détonation.

« Trop tôt, maladroits ! s'écria James Playfair en éclatant de rire. Forcez ! forcez ! monsieur l'ingénieur ! Il faut que nous filions entre deux bordées ! »

Les chauffeurs activaient les fourneaux, et le Delphin frémissait dans toutes les parties de sa membrure sous les efforts de la machine, comme s'il eût été sur le point de se disloquer.

En ce moment, une seconde détonation se fit entendre, et une nouvelle grêle de projectiles siffla à l'arrière du steamer. « Trop tard, imbéciles ! » s'écria le jeune capitaine avec un véritable rugissement.

Alors Crockston était sur la dunette, et il s'écria :

« Un de passé. Encore quelques minutes, et nous en aurons fini avec les Confédérés.

— Alors, tu crois que nous n'avons plus rien à craindre du fort Sumter ? demanda James.

— Non, rien, et tout du fort Moultrie, à l'extrémité de l'île Sullivan ; mais celui-là ne pourra nous pincer que pendant une demi-minute. Qu'il choisisse donc bien son moment et vise juste, s'il veut nous atteindre. Nous approchons.

– Bien ! La position du fort Moultrie nous permettra de donner droit dans le chenal principal. Feu donc ! feu ! »

Au même instant, et comme si James Playfair eût commandé le feu lui-même, le fort s'illumina d'une triple ligne d'éclairs. Un fracas épouvantable se fit entendre, puis des craquements se produisirent à bord du steamer.

« Touchés, cette fois ! fit Crockston.

– Monsieur Mathew, cria le capitaine à son second qui était posté à l'avant, qu'y a-t-il ?

– Le bout-hors de beaupré à la mer.

– Avons-nous des blessés ?

– Non, capitaine.

– Eh bien, au diable la mâture ! Droit dans la passe ! droit ! et gouvernez sur l'île.

– Enfoncés les Sudistes ! s'écria Crockston, et s'il faut recevoir des boulets dans notre carcasse, j'aime encore mieux les boulets du Nord. Ca se digère mieux ! »

En effet, tout danger n'était pas évité, et le Delphin ne pouvait se considérer comme étant tiré d'affaire ; car si l'île Morris n'était pas armée de ces pièces redoutables qui furent établies quelques mois plus tard, néanmoins ses canons et ses mortiers pouvaient facilement couler un navire comme le Delphin.

L'éveil avait été donné aux fédéraux de l'île et aux navires du blocus par les feux des forts Sumter et Moultrie. Les assiégeants ne pouvaient rien comprendre à cette attaque de nuit, elle ne semblait pas dirigée contre eux ; cependant ils devaient se tenir et se tenaient prêts à répondre.

C'est à quoi réfléchissait James Playfair en s'avançant dans les passes de l'île Morris, et il avait raison de craindre, car, au bout d'un quart d'heure, les ténèbres furent sillonnées de lumières ; une pluie de petites bombes tomba autour du steamer en faisant jaillir l'eau jusqu'au-dessus de ses bastingages ; quelques-unes même vinrent frapper le pont du Delphin, mais par leur base, ce qui sauva le navire d'une perte certaine. En effet, ces bombes, ainsi qu'on l'apprit plus tard, devaient éclater en cent fragments et couvrir chacune une superficie de cent vingt pieds carrés d'un feu grégeois que rien ne pouvait éteindre et qui brûlait pendant vingt minutes. Une seule de ces bombes pouvait incendier un navire. Heureusement pour le Delphin, elles étaient de nouvelle invention et encore fort imparfaites ; une fois lancées dans les airs, un faux mouvement de rotation les maintenait inclinées, et, au moment de leur chute, elles tombaient sur la base au lieu de frapper avec leur pointe, où se trouvait l'appareil de percussion. Ce vice de construction sauva seul le Delphin d'une perte certaine ; la chute de ces bombes peu pesantes ne lui causa pas grand mal, et, sous la pression de sa vapeur surchauffée, il continua de s'avancer dans la passe.

En ce moment et malgré ses ordres, Mr. Halliburtt et sa fille rejoignirent James Playfair sur la dunette. Celui-ci voulut les obliger à rentrer dans leur cabine, mais Jenny déclara qu'elle resterait auprès du capitaine.

Quand à Mr. Halliburtt, qui venait d'apprendre toute la noble conduite de son sauveur, il lui serra la main sans pouvoir prononcer une parole.

Le Delphin avançait alors avec une grande rapidité vers la pleine mer ; il lui suffisait de suivre la passe pendant trois milles encore pour se trouver dans les eaux de l'Atlantique ; si la passe était libre à son entrée, il était sauvé. James Playfair connaissait merveilleusement tous les secrets de la baie de Charleston, et il manœuvrait son navire dans les ténèbres avec une incomparable sûreté. Il avait donc tout lieu de croire au succès de sa marche audacieuse, quand un matelot du gaillard d'avant s'écria :

« Un navire !

— Un navire ? s'écria James.

— Oui, par notre hanche de tribord. »

Le brouillard qui s'était levé permettait alors d'apercevoir une grande frégate qui manœuvrait pour fermer la passe et faire obstacle au passage du Delphin. Il fallait à tout prix la gagner de vitesse, et demander à la machine du steamer un surcroît d'impulsion, sinon tout était perdu.

« La barre à tribord ! toute ! » cria le capitaine.

Puis il s'élança sur la passerelle jetée au-dessus de la machine. Par ses ordres, une des hélices fut enrayée, et, sous l'action d'une seule, le Delphin évolua avec une rapidité merveilleuse dans un cercle d'un très court rayon, et comme s'il eût tourné sur lui-même. Il avait évité ainsi de courir sur la frégate fédérale, et il s'avança comme elle vers l'entrée de la passe. C'était maintenant une question de rapidité.

James Playfair comprit que son salut était là, celui de miss Jenny et de son père, celui de tout son équipage. La frégate avait une avance assez considérable sur le Delphin. On voyait, aux torrents de fumée noire qui s'échappaient de sa cheminée, qu'elle forçait ses feux. James Playfair n'était pas homme à rester en arrière.

« Où en êtes-vous ? cria-t-il à l'ingénieur.

— Au maximum de pression, répondit celui-ci, la vapeur fuit par toutes les soupapes.

— Chargez les soupapes », commanda le capitaine.

Et ses ordres furent exécutés, au risque de faire sauter le bâtiment.

Le Delphin se prit encore à marcher plus vite ; les coups de piston se succédaient avec une épouvantable précipitation ; toutes les plaques de fondation de la machine tremblaient sous ces coups précipités, et c'était un spectacle à faire frémir les cœurs les plus aguerris.

« Forcez ! criait James Playfair, forcez toujours !

— Impossible ! répondit bientôt l'ingénieur, les soupapes sont hermétiquement fermées. Nos fourneaux sont pleins jusqu'à la gueule.

— Qu'importe ! Bourrez-les de coton imprégné d'esprit-de-vin ! Il faut passer à tout prix et devancer cette maudite frégate ! »

A ces paroles, les plus intrépides matelots se regardèrent, mais on n'hésita pas. Quelques balles de coton furent jetées dans la chambre de la machine. Un baril d'esprit-de-vin fut défoncé et cette matière combustible fut introduite, non sans danger, dans les foyers incandescents. Le rugissement des flammes ne permettait plus aux chauffeurs de s'entendre.

Bientôt les plaques des fourneaux rougirent à blanc ; les pistons allaient et venaient comme des pistons de locomotive ; les manomètres indiquaient une tension épouvantable ; le steamer volait sur les flots ; ses jointures craquaient ; sa cheminée lançait des torrents de flammes mêlés à des tourbillons de fumée ; il était pris d'une vitesse effrayante, insensée, mais aussi il gagnait sur la frégate, il la dépassait, il la distançait, et après dix minutes il était hors du chenal.

« Sauvés ! s'écria le capitaine.

— Sauvés ! » répondit l'équipage en battant des mains.

Déjà le phare de Charleston commençait à disparaître dans le sud-ouest ; l'éclat de ses feux pâlissait, et l'on pouvait se croire hors de tout danger, quand une bombe, partie d'une canonnière qui croisait au large, s'élança en sifflant dans les ténèbres. Il était facile de suivre sa trace, grâce à la fusée qui laissait derrière elle une ligne de feu.

Ce fut un moment d'anxiété impossible à peindre ; chacun se taisait, et chacun regardait d'un œil effaré la parabole décrite par le projectile ; on ne pouvait rien faire pour l'éviter, et, après une demi-minute, il tomba avec un bruit effroyable sur l'avant du Delphin.

Les marins, épouvantés, refluèrent à l'arrière, et personne n'osa faire un pas, pendant que la fusée brûlait avec un vif crépitement.

Mais un seul, brave entre tous, courut à ce formidable engin de destruction. Ce fut Crockston. Il prit la bombe dans ses bras vigoureux, tandis que des milliers d'étincelles s'échappaient de sa fusée ; puis, par un effort surhumain, il la précipita par-dessus le bord.

La bombe avait à peine atteint la surface de l'eau, qu'une détonation épouvantable éclata.

« Hurrah ! hurrah ! » s'écria d'une seule voix tout l'équipage du Delphin, tandis que Crockston se frottait les mains.

Quelque temps après, le steamer fendait rapidement les eaux de l'océan Atlantique ; la côte américaine disparaissait dans les ténèbres, et les feux lointains qui se croisaient à l'horizon indiquaient que l'attaque était générale entre les batteries de l'île Morris et les forts de Charleston-Harbour.

Saint-Mungo

Le lendemain, au lever du soleil, la côte américaine avait disparu. Pas un navire n'était visible à l'horizon, et le Delphin, modérant la vitesse effrayante de sa marche, se dirigea plus tranquillement vers les Bermudes.

Ce que fut la traversée de l'Atlantique, il est inutile de le raconter. Nul incident ne marqua le voyage de retour, et dix jours après son départ de Charleston, on eut connaissance des côtes d'Irlande.

Que se passa-t-il entre le jeune capitaine et la jeune fille qui ne soit prévu, même des gens les moins perspicaces ? Comment Mr. Halliburtt pouvait-il reconnaître le dévouement et le courage de son sauveur, si ce n'est en le rendant le plus heureux des hommes ? James Playfair n'avait pas attendu les eaux anglaises pour déclarer au père et à la jeune fille les sentiments qui débordaient de son cœur, et, s'il faut en croire Crockston, miss Jenny reçut cet aveu avec un bonheur qu'elle ne chercha pas à dissimuler.

Il arriva donc que, le 14 février de la présente année, une foule nombreuse était réunie sous les lourdes voûtes de Saint-Mungo, la vieille cathédrale de Glasgow. Il y avait là des marins, des négociants, des industriels, des magistrats, un peu de tout. Le brave Crockston servait de témoin à miss Jenny vêtue en mariée, et le digne homme resplendissait dans un habit vert pomme à boutons d'or. L'oncle Vincent se tenait fièrement près de son neveu.

Bref, on célébrait le mariage de James Playfair, de la maison Vincent Playfair et Co, de Glasgow, avec miss Jenny Halliburtt, de Boston.

La cérémonie fut accomplie avec une grande pompe. Chacun connaissait l'histoire du Delphin, et chacun trouvait justement récompensé le dévouement du jeune capitaine. Lui seul se disait payé au-delà de son mérite.

Le soir, grande fête chez l'oncle Vincent, grand repas, grand bal et grande distribution de shillings à la foule réunie dans Gordon Street. Pendant ce mémorable festin, Crockston, tout en se maintenant dans de justes limites, fit des prodiges de voracité.

Chacun était heureux de ce mariage, les uns de leur propre bonheur, les autres de celui des autres — ce qui n'arrive pas toujours dans les cérémonies de ce genre.

Le soir, quand la foule des invités se fut retirée, James Playfair alla embrasser son oncle sur les deux joues.

« Eh bien, oncle Vincent ? lui dit-il.

— Eh bien, neveu James ?

— Êtes-vous content de la charmante cargaison que j'ai rapportée à bord du Delphin ? reprit le capitaine Playfair en montrant sa vaillante jeune femme.

— Je le crois bien ! répondit le digne négociant. J'ai vendu mes cotons à trois cent soixante-quinze pour cent de bénéfice ! »